№ 00042

ANTO
FÁGICA

ABR 12

6 AM

1918

23

8000

Êxtase e outros contos

KATHERINE MANSFIELD

Tradução de

NARA VIDAL

Artes de

GIULIA BIANCHI

Coordenação editorial........ MARIANA RIMOLI
Editorial............. ROBERTO JANNARELLI,
VICTORIA REBELLO &
ISABEL RODRIGUES
Comunicação...............MAYRA MEDEIROS,
PEDRO FRACCHETTA &
GABRIELA BENEVIDES
Preparação........... ALGO NOVO EDITORIAL
Revisão .... NATALIA KLUSSMANN
KARINA NOVAIS
Capa e projeto gráfico...GIOVANNA CIANELLI &
VICTORIA SERVILHANO

Apresentação
TAIZZE ODELLI

Textos de
NARA VIDAL
CLARICE PAULON
TALISSA ANCONA LOPEZ

São puro êxtase:
DANIEL LAMEIRA
LUCIANA FRACCHETTA
RAFAEL DRUMMOND
&
SERGIO DRUMMOND

ÊXTASE
& outros contos

ANTOFÁGICA

Sumário

Essa coisa chamada vida,
por Taize Odelli **15**

Êxtase **23**

A aula de canto **79**

Festa no jardim **107**

A vida de Ma Parker **167**

As filhas do falecido coronel **197**

Um violoncelo muito, muito raro,
por Talissa Ancona Lopez **279**

Do absurdo que leva ao amor:
a escrita afetiva de Katherine Mansfield,
por Clarice Pimentel Paulon **295**

Quem tem inveja de Katherine Mansfield?,
por Nara Vidal **309**

Essa coisa chamada vida
por
Taize Odelli

"Por que ter um corpo se é preciso trancá-lo numa caixa, como um violino muito, muito raro?". Essa frase é dita, ou melhor, pensada por Bertha Young, protagonista do conto "Êxtase", um dos mais aclamados textos de Katherine Mansfield. Ela ecoa outras perguntas, como por que nós, mulheres, temos que nos restringir a espaços reclusos e "seguros" quando o que queremos é viver todos os nossos desejos? Por que não podemos apenas amar e viver sem medo? Por que precisamos esconder o que somos?

A escrita de Katherine Mansfield nos concede o escape, nos possibilita e habitar um mundo onde as personagens sonham sem limites e se permitem extrapolar. Onde as mulheres não se escondem, não se diminuem e nem deixam para depois os sentimentos do agora. Vivem a alegria profunda – ou a tristeza que não pode mais ser escondida – ao mesmo tempo que encaram o conflito com a realidade.

Porque a vida não espera um momento de euforia passar para lhe jogar notícias duras na cara. As mulheres de Mansfield podem, a qualquer momento, se deparar com o inesperado, que atropela sem aviso e muda o rumo das histórias. Mas elas não têm medo. O que elas querem é usufruir plenamente de tudo que a vida tem a oferecer. Sem as amarras sociais e culturais que tentam, a todo custo, nos pintar como um violino raro, que só sai da caixa para entreter.

Katherine Mansfield levou uma vida atribulada, boêmia, bissexual, livre, cheia de prazeres, mas também repleta de melancolia. Sentimentos que transbordaram da autora e culminaram em contos que nos fazem olhar no espelho: estamos aqui, no nosso universo particular – protegidos, lendo e frequentando eventos sociais, amando e odiando –, mas o mundo não é apenas esse que existe dentro da nossa cabeça. A realidade invade nossa vida sem pedir licença.

Ler Katherine Mansfield é ler sobre essa coisa chamada vida. Essa coisa que a literatura tanto explora, transforma em arte e em reflexão. É esta a beleza de seus contos: a simplicidade com que esse amontoado de sentimentos é colocado no papel, a imprevisibilidade do mundo frente aos nossos planos. O contentamento e o descontentamento da vida. Temos que ver (e ler) de tudo para entender o mundo, e Katherine contribuiu para que a gente conhecesse a vida um pouquinho mais. E para que a gente se sentisse mais

livre para viver como as mulheres que ela
tão maravilhosamente descreveu.

Taize Odelli é jornalista, resenhista de literatura,
produtora de conteúdo e podcaster. É colunista na
Associação dos Sem Carisma e apresenta os podcasts
Ppkansada e *Santa Reclamação de Cada Dia*.

Êxtase

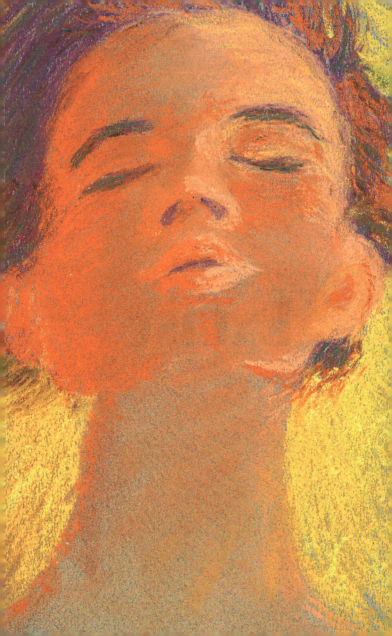

Embora Bertha Young tivesse 30 anos, ela ainda vivia momentos em que sentia vontade de correr em vez de caminhar, de dançar pequenas coreografias subindo e descendo a calçada, de girar um aro, de jogar coisas pelos ares só para pegar de volta ou de ficar imóvel e rir de nada, simplesmente de coisa nenhuma.

O que fazer quando você tem 30 anos e, ao virar a esquina da sua própria rua, é tomada, repentinamente, por essa sensação de alegria — pura alegria! — como se, de repente, você tivesse engolido um pedaço brilhante do sol da tardinha e ele queimasse no seu peito, trazendo chuviscos de brilho a cada partícula, a cada dedo da mão e do pé?

Ah, não há como expressar isso sem parecer "bêbada e errática"? Como a civilização é tola! Por que ter um corpo se é preciso trancá-lo numa caixa, como um violino muito, muito raro?

Não. Isso do violino não é exatamente o que eu queria dizer, ela pensou enquanto corria escada acima e vasculhava o interior da bolsa à procura da chave — que esquecera, como sempre —, sacudindo a placa metálica de correspondências da porta. *Não é o que eu quero dizer, porque...*

— Obrigada, Mary. — E chegando no hall de entrada: — A babá já voltou?

— Sim, senhora.

— E as frutas chegaram?

— Sim, senhora. Chegou tudo.

— Traga as frutas para a sala de jantar, pode ser? Vou arranjá-las antes de subir.

A sala de jantar estava escura e gelada. Mesmo assim, Bertha tirou o casaco; ela não suportava aquele aperto nem mais um minuto, e o ar frio bateu nos seus braços.

No seu peito, porém, ainda havia aquele lugar cintilante — aquela chuva de pequenos brilhos que irradiava dali. Ela não queria arriscar nem um respiro com medo de que a sensação lhe subisse pelo corpo, mas, ainda assim, respirou fundo, fundo. Quase não teve coragem de se olhar no espelho frio, mas olhou, e ele lhe devolveu uma mulher radiante, de lábios trêmulos e sorridentes, com grandes olhos escuros e um ar de antecipação, um desejo por algo... divino por acontecer... Impreterivelmente.

Mary trouxe as frutas numa bandeja e, com ela, um vaso de vidro e uma travessa azul adorável que tinha um brilho estranho, como se tivesse sido mergulhada no leite.

— Acendo a luz, senhora?

— Não, obrigada. Enxergo bem.

Havia tangerinas e maçãs manchadas pelo rosa dos morangos. Algumas peras amarelas, macias como seda; uvas verdes cobertas por um brilho prateado e um grande cacho de uvas roxas. Estas ela havia comprado para combinar com o tom do carpete da sala de jantar. Sim,

isso parecia mesmo absurdo e inverossí-mil, mas era exatamente a razão de tê-las comprado. Ela pensou na loja: *Preciso levar as roxas para destacar a cor do carpete na mesa*. E aquilo pareceu fazer todo o sentido naquele momento.

Uma vez terminado o arranjo, que formava duas pirâmides arredondadas, ela se distanciou um pouco da mesa para ver o efeito, e estava mesmo curioso, já que a mesa escura parecia desmanchar-se na luz fosca e a travessa de vidro e a tigela azul pareciam flutuar. Isso, claro, no estado de espírito em que ela se encontrava, parecia incrivelmente belo… Ela começou a rir.

— Não, não. Estou ficando histérica. — E agarrou a bolsa, o casaco e subiu até o quarto da bebê.

A babá estava sentada numa mesa baixa dando o jantar para a pequena B., que já tinha tomado banho. A bebê usava um vestido de flanela branco e um casaquinho de lã azul e o seu cabelinho fino e escuro estava penteado num topete engraçado. Ela olhou para cima quando viu a mamãe e começou a pular.

— Vamos lá, meu benzinho, coma tudo como uma boa menina — disse a babá, torcendo os lábios de uma maneira que Bertha conhecia e que significava que ela havia chegado no quarto da filha na hora errada.

— Ela se comportou bem, babá?

— Ela se comportou como um docinho a tarde toda — sussurrou a babá. — Fomos ao parque, me sentei num banco, tirei ela do carrinho e um cachorro grande se aproximou. Ele deitou a cabeça nos meus joelhos e ela agarrou e puxou as orelhas dele. Ah, a senhora precisava ver.

Bertha pensou em perguntar se não era perigoso deixar a filha agarrar a orelha de um cachorro desconhecido. Mas não teve coragem. Ela ficou de pé observando as duas, os braços ao longo do corpo, como uma menina pobre olhando a menina rica brincar com a boneca.

A bebê olhou para ela novamente, fitou-a e sorriu de forma tão adorável que Bertha não resistiu e pediu:

— Ah, babá, deixa eu terminar de dar o jantar a ela, enquanto você termina de guardar as coisas do banho.

— Bem, senhora, ela não deveria trocar de mãos enquanto janta — disse a babá, ainda em tom baixo. — Ela fica muito agitada; isso acaba perturbando-a.

Que absurdo. Por que ter um bebê se é para mantê-lo não numa caixa, como um violino raro, muito raro, mas nos braços de outra mulher?

— Ah, eu insisto — respondeu Bertha.

Muito ofendida, a babá passou a ela a criança.

— Agora, não vá agitá-la depois do jantar. A senhora sabe como ela fica. E depois sou eu que tenho que acalmá-la.

Glória aos céus a babá saiu do quarto carregando as toalhas.

— Agora eu tenho você toda para mim, meu tesouro — disse Bertha enquanto a bebê se recostava no seu colo.

Ela comeu lindamente. Abrindo a boquinha para a colher e balançando as mãozinhas. Às vezes, prendia a colher entre os lábios; outras vezes, mal Bertha tinha enchido o talher, ela atirava tudo aos quatro ventos.

Quando terminou de dar a sopa, Bertha se virou para a lareira.

— Que linda! Você é muito linda! — disse beijando sua bebê quentinha. — Eu gosto de você. Eu gosto muito de você.

E, de fato, ela amava muito a pequena B... seu pescoço, quando ela se inclinava para a frente, seus pezinhos delicados quase transparentes à luz do fogo — aquilo trouxe de volta toda aquela sensação de êxtase e, novamente, ela não sabia bem como expressá-la ou o que fazer com aquilo.

— Estão chamando a senhora ao telefone — disse a babá, que voltava triunfante e resgatava a *sua* pequena B.

Lá se foi ela, descendo as escadas. Era Harry.

— É você, Ber? Olha, vou me atrasar. Eu pego um táxi e chego o mais rápido possível, mas adia o jantar dez minutos, por favor? Pode ser?

— Sim, mas é claro! Ah, Harry!

— Sim?

Mas o que ela queria dizer? Ela não tinha nada a dizer. Ela queria apenas falar com ele por um momento. Não podia gritar de forma insensata: "Não é um dia magnífico?".

— O que foi? — voltou a voz ao longe.

— Nada. *Entendu* — disse Bertha colocando o telefone no gancho e pensando que a civilização era mais do que idiota.

Eles receberiam convidados para o jantar. Os Norman Knight, um casal muito distinto. Ele estava prestes a abrir um teatro e ela adorava decoração de interiores. Um jovem, Eddie Warren, que tinha acabado de publicar um livro de poesia e vinha recebendo convites para jantar de todo mundo; e um "achado" de Bertha, chamada Pearl Fulton. Quanto à profissão da senhorita Fulton, Bertha não tinha ideia. Elas se conheceram num clube e Bertha se apaixonou por ela, como sempre se apaixonava por mulheres bonitas e que tinham algo de diferente.

O instigante era que, ainda que já se conhecessem, tivessem se encontrado

algumas vezes e conversado de verdade, Bertha ainda não havia formado uma opinião sobre ela. Até onde via, a senhorita Fulton era maravilhosamente aberta, mas isso era tudo e, a partir daí, ela já não sabia mais nada.

E haveria algo mais? Harry dizia que "não". Considerava ela monótona e "fria, como todas as mulheres loiras, com um quê, talvez, de anemia no cérebro". Mas Bertha não concordava com ele; ainda não, de jeito nenhum.

— Não. A maneira como ela se senta com a cabeça levemente inclinada para o lado, sorrindo... há algo ali, Harry, e eu preciso descobrir que algo é esse.

— Provavelmente ela tem um belo apetite — respondia Harry.

Ele insistia em pegar no pé de Bertha com comentários dessa natureza... "fígado estragado, meu benzinho", ou "pura flatulência", ou "doença dos rins"... e por aí em diante. Por alguma estranha razão, Bertha gostava daquilo e quase chegava a admirar isso nele.

Ela foi para a sala de estar e acendeu a lareira, depois pegou uma por uma as almofadas que Mary tinha arranjado tão cuidadosamente e jogou-as de volta nas cadeiras e no sofá. Aquilo fez toda a diferença; agora, a sala parecia ter vida. Quando estava prestes a jogar a última almofada, ela se pegou de surpresa ao, de repente, agarrá-la de forma apaixonada, apaixonada. Mas o calor do seu peito não esfriou. Não! Pelo contrário!

As janelas da sala de estar abriam para um balcão que dava para um jardim. Bem ao fundo, contra a parede, havia uma pereira alta e esguia, frondosa e luxuriosamente florida, imóvel contra o céu verde-jade. Bertha não conseguia deixar de sentir, nem mesmo a distância, que não havia um único botão

por desabrochar ou uma pétala murcha. Lá embaixo, nos canteiros do jardim, as tulipas vermelhas e amarelas, carregadas de flores, pareciam inclinar-se na sombra. Um gato cinza, arrastando a barriga, apareceu no gramado; e um preto, sua sombra, ia atrás. Aquela visão dos dois tão atentos e rápidos deu a ela um arrepio estranho.

— Coisa mais esquisita são os gatos! — ela gaguejou e saiu da janela, começando a andar de um lado para o outro.

Como era forte o aroma dos junquilhos na sala aconchegante. Forte demais? Não. E então, como se rendida, ela se jogou no sofá e apertou os olhos com as mãos.

— Estou feliz demais... demais — sussurrou.

Ela parecia ver nas pálpebras a linda pereira com suas flores desabrochadas como um símbolo da própria vida.

De fato — de fato — ela tinha tudo. Era jovem. Harry e ela estavam mais apaixonados do que nunca, eles se davam esplendidamente bem e eram bons amigos. Ela era mãe de uma bebê adorável. Não tinham preocupação com dinheiro. Essa casa em que moravam era absolutamente decente, além de ter aquele jardim. E amigos... modernos, interessantes, escritores, pintores e poetas ou pessoas atentas às questões sociais. O tipo de amigos que ela queria. Além disso, tinham livros, havia música e ela encontrara uma costureira maravilhosa, e eles viajariam para o exterior naquelas férias de verão, e a cozinheira nova fazia as omeletes mais deliciosas...

— Eu sou risível. Risível! — Ela se sentou, mas sentiu-se um tanto quanto tonta, meio bêbada. Devia ser a primavera.

Sim, era a primavera. Agora, ela se sentia tão cansada que não conseguia se arrastar para o andar de cima a fim de se arrumar.

Um vestido branco, um cordão de pedrinhas de jade, sapatos verdes e meia-calça. Não era premeditado. Ela pensara nessa combinação horas antes de estar ali, à janela da sala.

As pontas da saia farfalhavam delicadamente pelo hall de entrada. Ela beijou a senhora Norman Knight, que tirava um casaco dos mais cômicos, laranja estampado com uma procissão de macacos pretos que davam a volta na bainha até a frente.

— Por quê?! Por quê?! Por que a classe média é tão chata... tão desprovida de senso de humor? Minha querida, é por pura sorte que estou aqui. Norman, o meu guardião. Os meus queridos macaquinhos incomodaram tanto os passageiros no trem, chegando ao ponto de despertar a atenção de um homem que simplesmente me fuzilou com os olhos. Não riu, não se divertiu, o que eu teria adorado. Não, apenas me encarou e me entediou por completo.

— Mas a cereja no bolo foi... — acrescentou Norman, apertando contra o olho um monóculo com armação de tartaruga. — Você não se importa se eu disser isso, né, Face? — Dentro de casa e entre amigos, os apelidos deles eram Face e Mug. — A cereja no bolo foi quando ela, já sem paciência, virou-se para a mulher ao lado e perguntou: "Você nunca viu um macaco na vida?"

— Ah, sim! — A senhora Norman Knight se juntou ao riso. — Aquilo não foi o ápice?

O mais engraçado era que, agora que tinha tirado o casaco, ela parecia, de fato, um macaco muito inteligente, que poderia até mesmo ter costurado aquele vestido amarelo de seda com cascas de banana. E seus brincos cor de âmbar, eles eram iguais a duas nozes dependuradas.

— É uma decadência muito, muito triste! — comentou Mug, parando em frente ao carrinho da pequena B. — Quando as crianças chegam, a arte... — e ele deixou pra lá o resto do ditado.

A campainha tocou. Era Eddie Warren, magro, pálido (e como de costume) num estado de grave apreensão.

— É *esta* a casa, *não é*? — quis saber ele.

— Bem, creio que sim... Espero que sim — disse Bertha alegremente.

— Acabei de ter uma experiência tão *terrível* com um motorista de táxi; ele era *estranhíssimo*. Não conseguia fazê-lo *parar* o carro. *Quanto mais* eu batia no vidro, *mais* ele corria. E *sob* o luar, essa

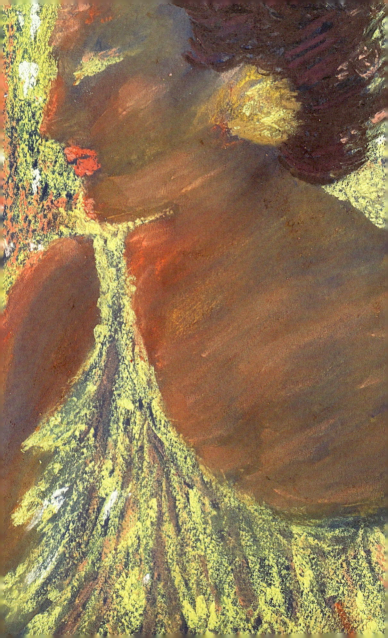

figura *bizarra* com a cabeça *achatada*, *debruçada* sobre o *pe-que-no* volante...

Ele estremeceu, tirando um longo cachecol de seda branco. Bertha observou que as meias dele também eram brancas... Um charme.

— Mas que horror! — exclamou ela.

— É, foi mesmo — disse Eddie enquanto ia atrás dela para a sala de visitas. — Eu me vi *em direção* à Eternidade num táxi *perpétuo.*

Ele conhecia os Norman Knight. Inclusive, ele iria escrever uma peça para o casal quando os planos para o teatro se concretizassem.

— Muito bem, Warren, como está indo a peça? — perguntou Norman Knight, deixando escorregar seu monóculo e fazendo, assim, entrever seu olho, antes de escondê-lo outra vez.

— Ó, senhor Warren, que meias interessantes! — disse então a senhora Knight.

— Fico *tão* feliz que goste delas — disse ele enquanto encarava os próprios pés. — Elas parecem ter ficado *ainda mais* brancas desde que a lua apareceu. — E virou seu magro e melancólico rosto jovem para Bertha: — *Existe* uma lua, você sabe, né?

Ela queria gritar. "Claro que sim... sempre... sempre!"

Ele era, de fato, uma pessoa muito atraente. Mas Face também era, agachada em frente à lareira, vestida nas suas cascas de banana; e também Mug, fumando cigarros e dizendo, enquanto batia as cinzas: — Por que tanto demora o noivo?

— Ali está ele, agora.

A porta da frente se abriu e se fechou com um estrondo. Harry gritou.

— Alô, pessoal. Desço em cinco minutos.

E eles o ouviram subir correndo as escadas. Bertha não conseguiu segurar o sorriso. Ela sabia o quanto ele gostava de fazer as coisas sob pressão. Afinal, que importância teriam cinco minutos a mais? Mas ele fingia acreditar que faziam toda a diferença do mundo. E então, ele faria questão de chegar à sala de visitas exageradamente calmo e contido.

Harry tinha tanto gosto pela vida. Ah, como ela adorava isso nele. E a paixão dele por debater... por procurar em tudo que se punha contra ele outra forma de testar seu poder e sua coragem... Aquilo também, ela compreendia. Ainda que aquilo, por vezes, o fizesse parecer, para quem não o conhecia bem, um pouco ridículo, talvez... E quantas vezes ele avançava para debates quando não existia debate algum... Ela conversou e riu e realmente se esqueceu, até ele chegar (como ela havia imaginado), de que Pearl Fulton não tinha aparecido.

— Será que a senhorita Fulton se esqueceu?

— Espero que sim — disse Harry. — Ela tem telefone?

— Ah, um táxi chegando. — Bertha sorriu com aquele ar de dona da verdade que ela sempre assumia quando seus palpites femininos eram estranhos e misteriosos. — Ela vive em táxis.

— Vai acabar engordando — disse Harry friamente enquanto tocava o sino para o jantar. — Um perigo tremendo para as loiras.

— Harry, pare — advertiu Bertha, rindo dele.

Passou-se outro breve momento, em que esperavam rindo e conversando, meio à vontade demais, meio descontraídos demais. Então Pearl Fulton, toda de prata, com uma tiara prateada prendendo seus cabelos loiros claros, entrou sorrindo, a cabeça caída levemente para o lado.

— Estou atrasada?

— De jeito nenhum — disse Bertha. — Venha! — Ela lhe deu o braço e foram juntas para a sala de jantar.

O que havia naquele toque frio do braço que podia atiçar — atiçar – e começar a queimar, queimar o fogo de um êxtase com o qual Bertha nem sabia o que fazer?

A senhorita Fulton nem sequer olhou para ela, mas é verdade que ela raramente olhava as pessoas diretamente. Suas pálpebras grossas pesavam e um estranho meio-sorriso chegou aos seus lábios, como se ela passasse a vida ouvindo, e não vendo. Mas Bertha soube, repentinamente, como se o olhar mais demorado e íntimo tivesse sido trocado entre as duas – como se tivessem dito uma para a outra "Você também?" – que, enquanto Pearl Fulton mexia a bela sopa vermelha no prato cinza, ela sentia a mesma coisa que Bertha.

E os outros? Face e Mug, Eddie e Harry, suas colheres subindo e descendo, suas mãos dando batidinhas em seus lábios com guardanapos, esmigalhando o pão, mexendo nos garfos e nas taças e conversando.

— Eu a conheci no show de Alpha... pessoinha mais estranha. Não só tinha cortado o cabelo, como também parecia ter dado uma boa tesourada nas pernas e nos braços, no pescoço e no pobre narizinho também.

— Ela não é *super liée* a Michael Oat?

— O que escreveu *Love in False Teeth*?

— Ele quer escrever uma peça para mim. Um ato, um ator. Decide se suicidar. Dá todas as razões pelas quais ele deveria ou não se suicidar. E assim que ele decide se sim ou se não... as cortinas se fecham. Não é uma má ideia.

— Como ele iria intitulá-la? *Dor de estômago?*

— Eu *acho* que encontrei a *mesma* ideia numa pe-que-na publicação france-sa, *bastante* desconhecida na Inglaterra.

Não, eles não eram do gosto de todo mundo. Mas eram uns amores — uns amo-res – e ela adorava recebê-los à sua mesa, servi-los comida e vinhos deliciosos. Na verdade, ela queria muito dizer a eles quão queridos eram e que grupo lindo forma-vam, como pareciam se dar tão bem e como eles a lembravam uma peça de Tchekhov!

Harry estava gostando do jantar. Era parte de sua — bem, não necessariamente de sua natureza, e certamente não de sua pose... quer dizer, um pouco de cada coi-sa — falar sobre comida e exagerar sobre sua "paixão desavergonhada pela carne branca da lagosta" e "pelo verde do sor-vete de pistache... verde e frio como os olhos de dançarinas egípcias".

Quando ele olhou para ela e disse "Bertha, este suflê é admirável", ela sentiu que poderia ter chorado como uma criança, de tanto prazer.

Ah, por que ela sentia um carinho tão grande pelo mundo todo nessa noite? Tudo estava ótimo... perfeito. Tudo o que acontecia parecia encher seu copo até a borda de êxtase.

Ainda assim, no fundo do seu pensamento, havia a pereira. Devia estar prateada àquela altura, à luz da lua do pobre Eddie, prateada como a senhorita Fulton, que, sentada, descascava uma tangerina entre seus dedos tão finos e tão claros que parecia até sair uma luz de dentro deles.

O que ela simplesmente não conseguia entender — o que era um milagre — era como ela teria adivinhado o estado de espírito da senhorita Fulton tão imediata e rapidamente. Por nenhum momento ela se imaginou equivocada e, ainda assim, em que se baseava? Praticamente nada.

Acho que isso acontece raramente entre mulheres. Entre homens, nunca, pensou Bertha. *Enquanto eu faço o café, talvez ela "dê um sinal".*

O que aquilo queria dizer ela não sabia, e o que aconteceria depois daquilo ela não poderia imaginar.

Enquanto pensava nisso, ela se viu falando e rindo. Era preciso falar por causa da vontade de rir.

— Ou eu rio, ou morro.

Mas quando ela notou o hábito curioso que Face tinha de enfiar algo pra dentro do decote — como se mantivesse lá uma pequena reserva de nozes —, ela teve que cerrar as mãos em punho com força, cravando as unhas nas palmas para não rir demais.

Enfim, tinham terminado.

— Venham ver minha nova cafeteira — disse Bertha.

— Temos uma nova cafeteira apenas uma vez a cada quinze dias nesta casa —

comentou Harry. Foi Face quem deu o braço à Bertha, dessa vez. Pearl Fulton inclinou a cabeça e seguiu-as.

O fogo tinha diminuído na sala, ficando vermelho e crepitante, transformando-se em um "pequeno ninho de filhotes de fênix", como disse Face.

— Não acendam a luz ainda. Está tão agradável. — E lá estava ela, agachada de novo em frente à lareira. Ela estava sempre com frio... *Quando está sem a jaquetinha de flanela vermelha dela, lógico*, pensou Bertha.

Naquele momento, a senhorita Fulton "deu um sinal".

— Vocês têm um jardim? — perguntou em sua voz mansa e arrastada.

Isso era tão maravilhoso da parte dela que tudo que Bertha podia fazer era obedecer. Ela cruzou a sala, abriu as cortinas e depois aquelas longas janelas.

— Aí está! — suspirou ela.

E as duas mulheres ficaram paradas, lado a lado, olhando a fina árvore em flor. Ainda que estivesse imóvel, a árvore parecia, como a chama de uma vela, se alongar e apontar para o alto; tremulando no ar brilhante e ficando mais e mais alta diante de seus olhos, até quase tocar a borda da lua redonda e cor de prata.

Por quanto tempo elas estiveram ali, paradas? Ambas, assim, presas ao círculo de luz mágica, compreendendo perfeitamente uma à outra, criaturas de outro mundo, e se perguntando o que fazer neste mundo aqui com todo aquele tesouro extasiante que lhes queimava o peito e caía, em flores prateadas, de suas mãos e cabelos?

Desde sempre... por um momento? E a senhorita Fulton sussurrou: "Sim, exatamente *isso*." Ou Bertha teria sonhado?

Então, a luz foi acesa, Face fez o café e Harry disse:

— Minha querida senhora Knight, não me pergunte sobre a minha bebê. Eu não a vejo nunca. Não terei qualquer interesse nela até que ela tenha um amante.

Mug tirou seu monóculo por um instante e depois voltou a confinar os olhos sob o vidro, e Eddie Warren tomou seu café e repousou a xícara à mesa com um semblante angustiado, como se tivesse sido envenenado e soubesse disso.

— O que eu quero mesmo fazer é proporcionar um espetáculo aos jovens. Acredito que Londres esteja fervilhando com peças de ótima qualidade e ainda não escritas. O que eu quero dizer a eles é "Aqui está o teatro. Vão em frente".

— Sabe, querida, vou decorar um cômodo para os Jacob Nathan. Ai, estou com tanta vontade de fazer um esquema tipo peixe frito, com os recostos das cadeiras em formato de frigideiras e lindas batatas fritas bordadas por toda a cortina.

— O problema com os nossos jovens autores é que são ainda muito românticos. Marinheiros de primeira viagem que querem ir ao mar, mas precisam de um balde em caso de vômito. Então, que tenham a coragem de usar os baldes.

— Um poema *horroroso* sobre uma *mocinha* que foi *violada* por um mendigo *sem nariz* numa pe-que-na floresta...

A senhorita Fulton mergulhou na cadeira mais baixa e mais funda e Harry ofereceu-lhe cigarros.

Pela maneira como ele parou na frente dela, balançando a caixa prateada e dizendo com aspereza "Egípcio, turco, virginiano? Estão todos misturados", Bertha percebeu que ela não só o irritava; ele realmente não gostava dela. E concluiu, pela maneira como a senhorita Fulton disse "Não obrigada, não vou fumar", que ela também percebeu o desgosto e se ofendeu.

Ah, Harry, por favor, não seja tão antipático com ela. Você está equivocado. Ela é incrível, incrível. E, além disso, como você pode se sentir tão avesso a alguém de quem eu gosto tanto? Vou tentar te contar hoje, na cama, o que tem acontecido. O que eu e ela compartilhamos.

Naquelas últimas palavras, algo estranho e quase aterrorizante irrompeu na mente de Bertha. E esse algo, cego e sorridente, sussurrou para ela: "Logo essas pessoas vão embora. A casa estará silenciosa… silenciosa. As luzes vão se apagar. Você e ele estarão sozinhos, juntos no quarto escuro… na cama quente…"

Ela pulou da cadeira e correu para o piano.

— Que pena ninguém saber tocar! — disse. — Que pena que ninguém sabe tocar.

Pela primeira vez em sua vida, Bertha Young desejou seu marido.

Ah, ela o amava. Ela era apaixonada por ele, claro, de todos os outros jeitos, mas não desse jeito. E da mesma maneira, claro, ele entendia que ela era diferente. Eles já tinham conversado tanto sobre isso. No início, ela ficou tão preocupada por ser assim, fria, mas, depois de um tempo, tal fato pareceu perder a importância. Eles eram tão francos um com o outro... tão bons amigos. E aquela era a melhor parte de ser moderno.

Mas agora... de um jeito assim tão ardente! Ardente! A palavra doía no seu corpo febril! Será que era a isso que aquele sentimento de felicidade tinha levado? Mas, então, então...

— Minha querida — disse a senhora Norman Knight —, me desculpe a desfeita. Somos reféns do tempo e dos horários dos trens. Moramos em Hampstead. Mas foi tão bom.

— Eu acompanho vocês até a entrada — disse Bertha. — Gostei tanto de terem

vindo. Mas não quero que percam o último trem. Que chato, não é?

— Que tal um uísque, Knight, antes de saírem? — perguntou Harry.

— Não, obrigado, velho amigo.

Bertha deu a ele um forte aperto de mão, como que em agradecimento.

— Boa noite, adeus — gritou ela do degrau mais alto, sentindo como se uma parte dela se despedisse deles para sempre.

Quando voltou à sala, os outros estavam se arrumando para ir embora.

— ... Então, você pode vir no meu táxi até parte do trajeto.

— Eu ficarei *tão* grato por *não ter* que encarar *sozinho* outro motorista depois da minha experiência *horrível*.

— Você pode pegar um táxi no ponto, no fim da rua. Não precisa nem andar mais que alguns metros.

— Isso é um alívio. Vou buscar meu casaco.

A senhorita Fulton foi andando em direção à entrada. Bertha estava atrás dela quando Harry quase a empurrou.

— Deixe-me ajudá-la.

Bertha sabia que ele estava arrependido das más maneiras, então ela deixou que ele passasse. Ele, às vezes, parecia um menino... tão impulsivo... tão simples.

Eddie e ela ficaram perto da lareira.

— Será que você leu o *novo* poema de Bilks chamado "Table d'Hôte"? — perguntou Eddie delicadamente. — É *tão* lindo. Está na edição mais recente da *Antologia*. Você tem um exemplar? Queria *tanto* mostrar a você. Começa com esse verso *incrivelmente* bonito: "Por que deve ser sempre sopa de tomate?".

— Sim — disse Bertha. E ela se dirigiu em completo silêncio para uma mesa do outro lado da porta da sala e Eddie seguiu também em silêncio atrás dela. Ela apanhou o pequeno livro e o entregou a ele. Eles não fizeram qualquer ruído.

Enquanto ele folheava as páginas, ela virou-se em direção à porta. E viu... Harry segurando o casaco da senhorita Fulton e ela com as costas viradas para ele e a cabeça inclinada. Ele jogou o casaco de lado, colocou as mãos nos ombros da moça e virou-a violentamente em sua direção. Os lábios dele diziam "Eu te adoro", e a senhorita Fulton tocou o rosto dele com seus dedos claros como a lua e sorriu seu sorriso letárgico. As narinas de Harry tremiam; seus lábios se repuxaram num sorriso horrível enquanto ele sussurrava "Amanhã" e, com suas pálpebras, a senhorita Fulton disse "Sim".

— Aqui está — disse Eddie. — "Por que deve ser sempre sopa de tomate?" É tão *profundamente* verdadeiro, não acha? Sopa de tomate é algo tão *terrivelmente* eterno.

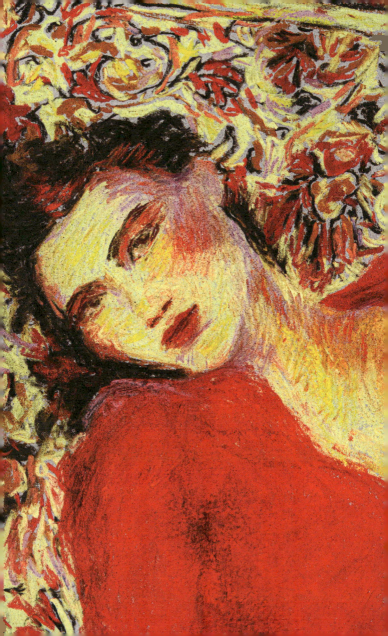

— Se você preferir — disse a voz muito alta de Harry, da entrada —, eu posso chamar um táxi para te buscar aqui na porta.

Ah, não. Não precisa — respondeu a senhorita Fulton, e ela se dirigiu a Bertha e estendeu-lhe os dedos delicados num cumprimento.

— Adeus. Muito obrigada.

— Adeus — disse Bertha.

A senhorita Fulton segurou o cumprimento por um momento a mais.

— Linda a sua pereira! — murmurou.

E saiu, Eddie atrás, como o gato preto seguindo o gato cinza.

— Vou fechar a casa — disse Harry, exageradamente calmo e contido.

"Linda a sua pereira. Pereira. Pereira!"

Bertha correu em direção à longa janela que dava para o jardim.

E agora, o que vai acontecer?, gritou.

Mas a pereira estava mais linda, cheia de flores e imóvel do que nunca.

A AULA
DE
CANTO

Com desespero — um desespero frio e cortante — cravejado fundo no seu coração como uma faca amaldiçoada, a senhorita Meadows, de beca e chapéu e segurando uma pequena batuta, percorreu os corredores frios que davam para o salão de música. Meninas de todas as idades, coradas pelo ar frio e transbordando aquele entusiasmo alegre que é típico de quem corre para a escola numa bela manhã de outono, se apressavam, saltitavam, flutuavam. Das salas de aula vazias, veio um breve ruído de vozes; um sino tocou; uma voz como o pio de um passarinho chamou "Muriel". E então, do lance de escadas, veio um tremendo tum-tum-tum. Alguém tinha deixado cair seus sinos.

A professora de Ciências parou a senhorita Meadows.

— Bom diii-a — disse, na sua voz doce, de tom afetado. — Não está frio? Parece até que é in-veeer-no.

A senhorita Meadows, agarrando a faca, encarou com raiva a professora de Ciências. Tudo nela era doce, pálido, como mel. Não seria surpreendente encontrar uma abelha presa, embaraçada naqueles cabelos amarelos.

— Bem frio — disse a senhorita Meadows, com um meio-sorriso.

A outra sorriu um sorriso meloso.

— Você parece estar con-ge-la-da — observou. Seus olhos azuis se arregalaram; vinha deles uma espécie de feixe de deboche. *(Será que ela tinha notado alguma coisa?)*

— Ah, nem tanto assim — respondeu a senhorita Meadows, e retribuiu o sorriso fácil da professora de Ciências com seu meio-sorriso e continuou a andar.

As turmas Quatro, Cinco e Seis estavam reunidas no salão de música. O barulho era ensurdecedor. No tablado, ao lado do piano, estava Mary Beazley, a

favorita da senhorita Meadows, que tocava acompanhamentos. Ela estava ajustando o banquinho. Quando viu a senhorita Meadows, falou em alto e bom som "shiu, meninas", como advertência, e a senhorita Meadows, com as mãos dentro das mangas e a batuta debaixo do braço, marchou em direção ao corredor central, subiu os degraus, virou-se bruscamente, agarrou o suporte de bronze da partitura, plantou-o na sua frente e deu duas batidas certeiras com a batuta para que todas ficassem em silêncio.

— Silêncio, por favor! Imediatamente! — disse e, sem olhar para ninguém, correu os olhos pelo mar de blusas de flanela coloridas, rostos corados e mãos balançando, laços de fita que pareciam borboletas trêmulas e livros de partitura espalhados. Ela sabia perfeitamente o que as meninas estavam pensando. "Meady está irritada." Que pensem! Suas pálpebras tremiam; levantou a cabeça, desafiando-as. De que importava o pensamento dessas criaturas para alguém que estava ali, sangrando até a morte, com o coração perfurado, perfurado por conta de uma carta assim...

"... Estou cada vez mais convencido de que o nosso casamento seria um equívoco. Não que eu não te ame. Eu te amo tanto quanto é possível, para mim, amar uma mulher, mas, verdade seja dita, eu cheguei à conclusão de que não sou um homem para casar, e a ideia de sossegar me enche de..." E a palavra "repulsa" foi levemente rabiscada e "pesar" foi escrita por cima.

Basil! A senhorita Meadows caminhou aprumada até o piano. E Mary Beazley, que esperava tanto por esse momento, se inclinou para a frente, os cachos caídos no rosto enquanto murmurava.

— Bom dia, senhorita Meadows. — E, mais do que oferecer, empurrou o belo

crisântemo amarelo à professora. Esse pequeno ritual da flor já vinha acontecendo havia eras, para lá de um semestre e meio. Fazia parte da aula tanto quanto abrir o piano. Mas, naquela manhã, em vez de receber a flor e enfiá-la no cinto, aproximando-se de Mary e dizendo "Obrigada, Mary. É muito gentil! Abram o livro na página 32", a senhorita Meadows, para o espanto de Mary, ignorou completamente o crisântemo, não respondeu sua saudação e disse, com frieza na voz:

— Página 14, por favor, e marquem bem os acentos.

Momento desnorteante! Mary corou até que seus olhos ficassem cheios d'água, mas a senhorita Meadows já estava de volta ao pedestal de partitura; sua voz ecoando por todo o salão.

— Página 14. Vamos começar pela página 14. "Um lamento". Agora, meninas, a essa altura vocês já devem conhecê-lo.

Vamos a ele por inteiro; não em partes, por inteiro. E sem expressão. Mas cantem de forma bem simples, marcando o tempo com a mão esquerda.

Ela levantou a batuta. Bateu duas vezes no pedestal. E então, veio Mary com o acorde de abertura; e então vieram todas aquelas mãos esquerdas marcando no ar, solfejando com aquelas vozes jovens e clamorosas.

Tão logo! Ah, tão logo murcham as ro--sas do prazer;
Em breve o outono se rende ao desalento do in-ver-no.
Tão logo! Ah, tão logo o alegre compasso mu-si-cal
Vai embora do ouvido que o escuta.

Minha nossa, o que poderia ser mais trágico do que aquele lamento? Cada nota era um suspiro, um soluço, um queixume de imenso pesar. A senhorita Meadows levantou os braços por sob a beca larga e começou a reger com as duas mãos. "...Estou cada vez mais convencido de que o nosso casamento seria um equívoco..." ela marcou. E as vozes cantaram "*Tão logo! Ah, tão logo*". Que diabo deu nele para escrever tal carta! O que poderia tê-lo levado a isso! Veio do nada. Toda a carta anterior era sobre uma estante de carvalho escurecido que ele havia comprado para os "nossos" livros, e "um pequeno aparador bonitinho" que ele tinha visto, uma peça "bem bacana, com um suporte esculpido em formato de coruja cujas três garras serviriam de porta-chapéus". Como aquilo a tinha deixado feliz! Tão coisa de homem pensar que alguém precisa de três porta-chapéus! "*Do ouvido que escuta*", cantaram as vozes.

— Outra vez — indicou a senhorita Meadows. — Mas, desta vez, em partes.

Ainda sem expressão. — *"Tão logo! Ah, tão logo."* Com o peso dos contraltos somado, era difícil não estremecer. *"Murcham as rosas do prazer."* Na última vez que veio visitá-la, Basil trazia uma rosa na lapela. Que bonito ele estava naquele terno azul-claro com a rosa vermelha-escura! E estava evidente que ele sabia disso. Não tinha como não saber. Primeiro ele alisou os cabelos, depois, o bigode; seus dentes brilhavam quando ele sorria.

— A mulher do diretor vive me convidando para jantar. É uma grande chatice. Nunca consigo ter uma noite só para mim naquele lugar.

— Mas você não pode recusar?

— Bem, para um homem na minha posição, isso não seria muito simpático.

"Alegre compasso musical", esgoelaram-se as vozes. Os salgueiros do lado de fora das janelas altas e estreitas ondulavam com o vento. Tinham perdido metade da

copa. As folhinhas restantes se seguravam, balançando como peixes presos em anzóis. "... não sou homem para casar...". As vozes se silenciaram. O piano aguardou.

— Bastante bom — disse a senhorita Meadows, mas ainda num tom de frieza tão evidente que as meninas mais novas começaram a ficar receosas. — Só que agora que já sabemos como é, vamos cantar com expressão. Com máximo de expressão que conseguirem. Pensem nas palavras, meninas. Usem sua imaginação. *"Tão logo! Ah tão logo"* — cantou a senhorita Meadows. — Deve irromper um forte, alto, poderoso lamento. E então, no segundo verso, *"Desalento do inverno"*, façam soar aquele *desalento* como se um vento frio soprasse nele. *De-sa-len-to!* — ela disse de maneira tão pavorosa que Mary Beazley, que estava sentada no banquinho, sentiu a coluna estremecer — O verso três deve ser um crescendo só. *"Tão logo! Ah, tão logo o alegre compasso musical.*" Quebrando na primeira palavra do primeiro verso, "*Vai*". E então, na palavra "*embora*", vocês têm que começar a morrer... a sumir... até que "*ouvido que o escuta*" não seja nada mais que um fraco sussurro... Vocês podem desacelerar quase no último verso o quanto quiserem. Agora, por favor.

De novo dois tapinhas; ela levantou os braços de novo. "*Tão logo! Ah, tão logo.*" "... e a ideia de sossegar me enche de repulsa". Repulsa foi o que ele escreveu. Era o mesmo que dizer que o noivado deles estava definitivamente acabado. Acabado! O noivado deles! As pessoas já tinham se surpreendido ao saber que ela ficara noiva. A professora de Ciências nem mesmo acreditou. Mas ninguém ficou mais surpresa do que ela própria. Ela tinha 30 anos. Basil tinha 25. Fora um milagre, simplesmente um milagre, escutá-lo dizer, enquanto voltavam para casa, da igreja, naquela noite tão escura: "Sabe, de uma maneira ou outra, me afeiçoei muito por você." E ele segurou a ponta do boá de penas de avestruz dela. *"Vai embora do ouvido que o escuta."*

— Repitam! Repitam! — indicou a senhorita Meadows. — Mais expressão, meninas. Mais uma vez!

"Tão logo! Ah, tão logo." As meninas mais velhas estavam vermelhas; algumas das mais novas começaram a chorar. Grandes rajadas de chuva sopraram contra as janelas e dava para ouvir os salgueiros sussurrarem "... não que eu não te ame...".

Mas, meu amor, se você me ama, pensou a senhorita Meadows, *eu não me importo o quanto. Ame-me o quanto puder.* Mas ela sabia que ele não a amava. Não o suficiente para apagar a palavra "repulsa", evitando assim que ela a lesse. *"Em breve o outono se rende ao desalento do inverno."* Ela teria que deixar a escola também. Ela nunca mais teria como olhar na cara da professora de Ciências ou das meninas depois que ficassem sabendo. Ela teria que desaparecer para alguma parte. "*Vai embora.*" As vozes começaram a morrer, a sumir, a sussurrar, a desaparecer.

De repente, a porta se abriu. Uma menininha de azul, caminhava nervosamente pelo corredor, cabeça baixa, mordendo os lábios, torcendo o bracelete prata no seu pulso avermelhado. Ela subiu os degraus e parou em frente à senhorita Meadows.

— Muito bem, Mônica, o que houve?

— Por favor, senhorita Meadows — disse a menina ofegante —, a senhorita Wyatt quer falar com a senhora na sala da diretora.

— Pois bem — disse a senhorita Meadows. E ela chamou as outras meninas. —Vou lhes dar um voto de confiança para que falem baixo enquanto eu estiver ausente.

Mas elas se sentiam abaladas demais para fazer qualquer outra coisa. A maior parte delas estava assoando o nariz.

Os corredores estavam silenciosos e frios; ecoavam os passos da senhorita Meadows. A diretora se encontrava sentada à sua mesa. Por um momento, ela não ergueu os olhos. Ela estava, como de costume, desembaraçando seus óculos, que estavam presos na gravata de renda.

— Sente-se, senhorita Meadows — pediu ela, muito cordialmente. E então, apanhou um envelope rosa sobre o mata-borrão. — Mandei chamá-la porque esse telegrama acaba de chegar para você.

— Um telegrama para mim, senhorita Wyatt?

Basil! Ele se suicidou, resolveu acreditar a senhorita Meadows. A mão dela voou ligeiramente para pegar o telegrama, mas a senhorita Wyatt o reteve por um instante.

— Espero que não sejam más notícias — disse, ainda muito cordialmente. E a senhorita Meadows, num rasgo, abriu o envelope.

— Desconsidere a carta, devia estar louco. Comprei a chapeleira hoje. Basil. — leu ela. E não conseguia tirar os olhos do telegrama.

— Espero que não seja nada muito grave — comentou a senhorita Wyatt, inclinando-se para a frente.

— Não, não, obrigada, senhorita Wyatt — corou a senhorita Meadows. — Não é nada grave, não. É... — e ela deu um pequeno sorriso com ar de desculpa — ... é do meu *noivo* dizendo que... dizendo que... — Uma pausa.

— *Compreendo* — disse a senhorita Wyatt. E mais uma pausa. Então: — Você ainda tem quinze minutos de aula, não tem, senhorita Meadows?

— Sim, senhorita Wyatt. — Ela se levantou. Meio que correu até a porta.

— Ah, só um minuto, senhorita Meadows — disse a senhorita Wyatt. — Preciso dizer que não aprovo o fato de as

minhas professoras receberem telegramas durante o horário escolar, a não ser que sejam notícias terríveis, como um caso de morte — explicou a senhorita Wyatt. — Ou um acidente gravíssimo, ou algo dessa natureza. Boas notícias, senhorita Meadows, como sabe, podem sempre esperar.

Nas asas da esperança, do amor, da alegria, a senhorita Meadows correu de volta para o salão de música, pelo corredor, escada acima, sobre o piano.

— Página 32, Mary — indicou. — Página 32. — E, apanhando o crisântemo amarelo, ela o colocou em frente aos seus lábios para esconder seu sorriso. Então, virou-se para as meninas e bateu secamente a batuta: — Página 32, meninas. Página 32.

Aqui viemos hoje com flores sobre nós
Com cestas repletas de frutas e fitas
Para parabenizar

— Parem! Parem! — gritou a senhorita Meadows. — Que horror! Que coisa terrível!

E ela abriu um sorriso largo para as meninas.

— O que está acontecendo com vocês, meninas? Pensem, meninas, pensem no que vocês estão cantando. Usem a imaginação. *"Com flores sobre nós. Cestas repletas de frutas e fitas."* E *Parabenizar.* — A senhorita Meadows se interrompeu. — Não fiquem tão tristonhas, meninas. É para soar alegre, caloroso, com vontade. *"Parabenizar."* Novamente. Rápido. Todas juntas. Vamos lá, agora!

Dessa vez, a voz da senhorita Meadows se destacou de todas as outras: robusta, profunda, brilhante de expressão.

FESTA NO JARDIM

E o tempo estava ideal. Nem se tivessem encomendado poderiam ter um dia mais perfeito para uma festa no jardim. Sem vento, clima ameno, nenhuma nuvem no céu. Só o azul era encoberto por uma fina bruma dourada, como às vezes se vê no início do verão. O jardineiro estava de pé desde o amanhecer, aparando e penteando o gramado, até estarem reluzentes a grama e as rosetas escuras do canteiro onde as margaridas estiveram plantadas. Quanto às rosas, era impossível não imaginar que elas sabiam ser as únicas flores capazes de impressionar numa festa no jardim; as únicas flores que todo mundo conhece. Centenas — sim, literalmente centenas — desabrocharam numa única noite; os arbustos verdes se curvavam como se tivessem sido visitados por arcanjos.

O café da manhã mal tinha terminado quando os homens chegaram para montar a tenda.

— Onde você quer a tenda, mãe?

— Minha querida, não adianta nem me perguntar. Este ano, estou determinada a deixar tudo para vocês resolverem, crianças. Façam de conta que não sou a mãe de vocês. Tratem-me como se eu fosse uma convidada de honra.

Mas Meg não tinha como supervisionar os homens. Ela lavara os cabelos antes do desjejum e estava sentada tomando café, usando um turbante verde, com um cacho escuro e molhado carimbado em cada bochecha. Jose, a borboleta, sempre descia vestindo sua camisola de seda e um quimono por cima.

— Você tem que ir, Laura; você é quem tem inclinações artísticas.

Lá se foi Laura, ainda com uma fatia de pão com manteiga na mão. Era uma delícia ter uma desculpa para comer ao ar livre e, além do mais, ela adorava ter que organizar coisas; ela sempre intuía que poderia fazer isso muito melhor do que qualquer pessoa.

Um grupo de quatro homens de camisas de manga comprida estava parado na trilha do jardim. Eles carregavam estacas de madeira cobertas com rolos de lona e tinham grandes sacos de ferramentas pendurados nos ombros. Eram imponentes. Laura, então, pensou que não queria mais estar segurando aquele pedaço de pão com manteiga, mas também não havia onde colocá-lo e ela não poderia, de jeito nenhum, jogá-lo fora. Ela enrubesceu e tentou parecer séria e até um pouco míope ao se aproximar deles.

— Bom dia — disse a jovem, imitando a voz da mãe. Porém o tom soou tão terrivelmente afetado que sentiu vergonha, e gaguejou feito uma menininha. — Ah... bem... aqui estão vocês... é sobre a tenda?

— Isso mesmo, moça — disse o mais alto dos homens, um sujeito meio desconjuntado e sardento, que, enquanto trocava a bolsa de ferramentas de lado, deu um tapa no chapéu de palha, ajeitando-o mais para trás. Ele sorriu para ela. — Sim, é sobre a tenda.

O sorriso dele era tão fácil, tão cordial que Laura se sentiu melhor. Que belos olhos ele tinha. Pequenos, mas de um azul tão escuro! E, então, ela olhou para os outros homens, e eles também sorriam para ela. "Fica tranquila, a gente não morde", o sorriso deles parecia dizer. Que gentis eram os trabalhadores! E que dia lindo! Mas ela não deve falar sobre o tempo. Ela precisa soar profissional. A tenda.

— Bom, que tal no canteiro de lírios? Daria certo?

Ela apontou para o canteiro de lírios com a mão que não segurava o pão com manteiga. Os trabalhadores se viraram e olharam na direção indicada por Laura. Um sujeito baixinho e gorducho espichou o beiço e o alto franziu a testa.

— Eu não recomendo — disse ele. — Não chama tanto a atenção. Sabe o que é, quando você tem uma tenda — e se virou para Laura com seu jeito descontraído —, tem que colocar num local que seja como um baita tapa na cara, se é que me entende.

A criação de Laura a fez pensar por um momento se seria de todo respeitoso da parte de um trabalhador falar com ela sobre um "baita tapa na cara". Mas ela o entendia perfeitamente.

— Um dos cantos da quadra de tênis — ela sugeriu. — Mas a banda estará na outra ponta.

— Hum, vai ter uma banda, é? — falou um dos outros trabalhadores. Ele era pálido. Tinha um semblante abatido enquanto os olhos escuros vistoriavam a quadra de tênis. No que ele estaria pensando?

— Uma banda pequena — explicou Laura delicadamente. Talvez ele não se importasse tanto se a banda fosse pequena. Mas o sujeito alto a interrompeu.

— Olha, moça, lá é o local. Em frente àquelas árvores. Vai ficar ótimo ali.

Em frente aos loureiros nativos. Mas aí os loureiros nativos ficariam escondidos, e eles são tão adoráveis, com suas folhas largas e lustrosas e suas cascatas de frutos amarelos. São árvores que você imaginaria crescendo numa ilha deserta, altivas, solitárias, sustentando suas folhas e frutos ao sol numa espécie de esplendor silencioso. Deveriam ficar escondidas atrás de uma tenda?

Deveriam. Os trabalhadores já estavam a caminho do local, carregando nos ombros suas estacas de madeira. Só o sujeito alto ficou. Ele se abaixou, arrancou um ramo de alfazema, levou o polegar e o indicador ao nariz e fungou o cheiro. Quando Laura viu tal gesto, ela se esqueceu dos loureiros, surpresa por aquele homem se atentar para coisas assim, como o aroma de alfazema. Quantos homens que ela conhece teriam tido um gesto desses? *Puxa, como eram extraordinários os homens trabalhadores,* ela pensou. Por que ela não poderia ter homens trabalhadores como amigos em vez dos rapazes tolos com quem ela dançava e que vinham jantar aos domingos? Ela se daria muito melhor com homens assim.

É tudo culpa dessas absurdas distinções de classe, ela concluiu enquanto o homem alto desenhava algo no verso de um envelope, algo que devia ser amarrado ou pendurado em algum lugar. Bem, da parte dela, não sentia essas coisas. Nem um pouco, nem um átomo... E agora, lá vem o

bate-bate dos martelos de madeira. Alguém assobiou. Alguém chamou. "Tudo certo, companheiro?" "Companheiro". A camaradagem típica, a..., a... Só para provar o quão feliz estava, só para mostrar ao sujeito alto como ela se sentia à vontade e o quanto ela desprezava convenções idiotas, Laura deu uma mordida grande no seu pão com manteiga enquanto encarava o desenho. Ela se sentiu como uma autêntica moça trabalhadora.

— Laura, Laura, onde você está? Telefone, Laura! — uma voz gritou de dentro de casa.

— Estou indo! — E lá se foi ela, pulando pelo gramado, subindo pela trilha, pelos degraus, atravessando a varanda até a entrada. No saguão, seu pai e Laurie estavam escovando os chapéus, prontos para ir ao escritório.

— Olha, Laura — disse Laurie, apressado —, quem sabe você não dá uma olhadinha no meu casaco antes de hoje à tarde. Vê se precisa passar.

— Pode deixar — respondeu ela. De repente, não conseguiu se conter. Ela correu até Laurie e deu nele um abraço breve e apertado. — Ai, eu adoro uma festa, você não? — ofegou Laura.

— Bas-tan-te — concordou Laurie em sua voz morna e infantil. Ele apertou a irmã de volta e deu um leve empurrãozinho nela. — Corra para o telefone, mocinha!

O telefone.

— Sim, sim, ah, sim. Kitty? Bom dia, querida. Vem almoçar? Certo, querida. Vai ser um prazer, claro. Não vai ser nada elaborado. Sanduichinhos e pedaços de suspiros e o que mais sobrar. Sim, está uma manhã perfeita, não é? O branco? Ah, sim, claro que sim. Um momento, espere na linha. A mãe está chamando.

— Laura virou-se. — O quê, mãe? Não consigo te ouvir.

A voz da senhora Sheridan flutuou pelas escadas:

— Diga a ela para vir com aquele chapéu adorável que ela usou domingo passado.

— A mãe disse para você vir com aquele chapéu adorável que você usou no domingo passado. Ótimo. À uma hora. Tchau, tchau.

Laura colocou o telefone no gancho, lançou os braços sobre a cabeça, respirou fundo, esticou-os e os deixou cair.

— Ah — suspirou, e logo se endireitou.

Ficou quieta, ouvindo. Todas as portas pareciam estar abertas. A casa ganhava vida com passos suaves e apressados e vozes murmurando. A porta de revestimento de feltro verde, que dava para a cozinha, se abriu e fechou com um barulho abafado. E, então, veio um som de risadinhas, comprido e absurdo. Eram as rodas emperradas do enorme piano sendo arrastado. Mas o ar! Se você parasse para notar, o ar era sempre assim? Sopros muito suaves brincavam de pega-pega pelo alto das janelas e do lado de fora das portas. E havia duas pequeníssimas manchas de sol, que também brincavam: uma no tinteiro, outra no porta-retratos prateado. Manchinhas tão fascinantes. Especialmente aquela na tampa do tinteiro. Uma graça. Uma estrelinha prateada e cheia de graça. Laura seria capaz de lhe dar um beijo.

A campainha da porta da frente berrou e soou o farfalhar da saia estampada que Sadie arrastava pela escada. A voz de um homem murmurou; Sadie respondeu, sem dar muita atenção.

— Realmente não sei. Espere. Vou perguntar à senhora Sheridan.

— O que houve, Sadie? — Laura foi até a entrada.

— É a florista, senhorita Laura.

De fato, era. Ali, já passando para o lado de dentro da porta, estava uma

caixa larga e rasa cheia de vasos de cana--da-Índia cor-de-rosa. E somente desse tipo. Nenhuma outra flor senão canas--da-Índia, enormes flores cor-de-rosa, desabrochadas, radiantes, quase assustadoramente vivas em seus talos carmins e brilhantes.

— Ai, Sadie! — disse Laura, e o som pareceu um pequeno lamento. Ela se agachou, como se fosse se aquecer com o calor das flores, e sentiu-as entre os dedos, nos lábios, crescendo em seu peito. — Foi um mal-entendido — constatou, com a voz fraca. — Ninguém encomendou tudo isso. Sadie, vá buscar a mãe.

Mas, naquele momento, a senhora Sheridan havia chegado.

— Está tudo certo — assegurou ela calmamente. — Eu as encomendei. Não são adoráveis? — Ela apertou o braço de Laura. — Ontem eu passei pela loja e as vi na vitrine. E pensei que uma vez na vida eu deveria comprar um monte de canas--da-Índia. A festa no jardim vai ser uma boa desculpa.

— Mas eu achei que você tivesse dito que não queria interferir — argumentou Laura.

Sadie já havia saído. O chofer da florista estava do lado de fora, na van. Laura enroscou o braço no pescoço da mãe e muito, muito levemente, mordiscou a orelha dela.

— Minha querida filha, você não ia querer uma mãe sensata, ia? Não faça isso. O motorista está aqui.

Ele entregou ainda mais canas-da--Índia. Mais uma caixa inteira.

— Deixe-as logo ali na porta, em cada lado da entrada, por gentileza — pediu a senhora Sheridan. — Você não acha, Laura?

— Sim, mãe, acho, *sim*.

Na sala de visitas, Meg, Jose e o doce Hans tinham conseguido, finalmente, arrastar o piano.

— Bom, e se agora colocássemos esse sofá estilo *chesterfield* contra a parede e tirássemos tudo da sala, menos as cadeiras, o que acham?

— Ótimo.

— Hans, leve estas mesas para a sala de fumar e traga uma vassoura para remover essas marcas do carpete e... um minuto, Hans. — Jose adorava dar ordens aos empregados e eles adoravam obedecê-la. Ela sempre fazia eles sentirem que participavam de um teatro. — Diga à mãe e à senhorita Laura que venham imediatamente.

— Pois não, senhorita Jose.

Ela se virou para Meg.

— Quero ouvir o som do piano, no caso de eu ser requisitada a cantar hoje à tarde. Vamos testar com "This Life is Weary".

Pom! Ta-ta-ta-ta. *Ti*-ta! O som do piano soou tão alto que a expressão de Jose mudou. Ela cerrou as mãos em punho. Com um semblante sombrio e enigmá-

tico, olhou para a mãe e Laura, que chegavam.

Esta vida é um cansaaaaaço
Uma lágrima — um suspiro
Um amor que se transfooooorma
Esta vida é um cansaaaaaço
Uma lágrima — um suspiro
Um amor que se transfoooorma
E então... adeus!

Mas, na palavra "adeus", e ainda que o piano soasse mais desafinado do que nunca, seu rosto se torceu num sorriso brilhante e terrivelmente antipático.

— Minha voz não estava boa, mamãe? — ela sorriu.

Esta vida é um cansaaaaaço
A esperança acaba morrendo
Um sonho — ter-mina

Naquele instante, Sadie as interrompeu.

— O que foi, Sadie?

— Madame, me desculpe, a cozinheira quer saber se a senhora tem as bandeirinhas para os sanduíches?

— As bandeirinhas para os sanduíches, Sadie? — ecoou a senhora Sheridan, distraidamente. E, pela cara dela, as crianças sabiam que ela não as tinha. — Deixe-me ver. — Então se voltou para Sadie em tom firme: — Avise à cozinheira que ela as terá em dez minutos.

Sadie saiu.

— Agora, Laura — disse sua mãe apressadamente —, venha comigo à sala de fumar. Eu tenho os nomes escritos em algum envelope. Você terá que escrevê-los para mim. Meg, suba neste instante e tire essa coisa molhada da sua cabeça. Jose, corra e termine de se arrumar imediatamente. Vocês me ouviram, crianças, ou vou ter que contar isso ao pai de vocês hoje à noite, quando ele voltar? E... e, Jose, acalme a cozinheira se você for à cozinha, faça o favor? Estou morrendo de medo dela nesta manhã.

O envelope foi finalmente encontrado atrás do relógio da sala de jantar, ainda que a senhora Sheridan não tivesse a mais vaga ideia de como ele tenha ido parar lá.

— Algum de vocês deve ter roubado isso da minha bolsa, porque eu me lembro vividamente... Pasta de queijo e geleia de limão. Tomou nota?

— Sim.

— Ovo e... — A senhora Sheridan afastou o envelope. — Parece "acetona". Não pode ser "acetona", será?

— Azeitona, meu bem — explicou Laura, olhando por cima do ombro da mãe.

— Sim, claro, azeitona. Parece uma combinação horrível. Ovo e azeitona.

Finalmente elas terminaram e Laura levou os nomes para a cozinha. Lá, ela encontrou Jose acalmando a cozinheira, que não parecia nada assustadora.

— Eu nunca vi sanduíches tão requintados — disse a voz arrebatadora de Jose. — Quantos sabores você disse que tem, chef? Quinze?

— Quinze, senhorita Jose.

— Pois bem, chef, eu te dou os parabéns.

A cozinheira juntou as migalhas com a faca de pão comprida e abriu um largo sorriso.

— A Godber chegou — anunciou Sadie, retirando-se da despensa. Da janela, ela vira o entregador passar.

Isso significava que as carolinas tinham chegado. Godber era famosa por suas carolinas. Ninguém nunca nem cogitou fazê-las em casa.

— Traga-as e coloque-as na mesa, menina — mandou a cozinheira.

Sadie levou-as para dentro e voltou para a porta. Claro que Laura e Jose eram adultas demais para se importar com coisas desse tipo. Ainda assim, elas não tinham como negar que as carolinas eram muito lindas. Muito. A cozinheira começou a organizá-las, chacoalhando o excesso de açúcar de confeiteiro.

— Elas não remetem a um ar de festa? — disse Laura.

— Acho que sim — respondeu a pragmática Jose, que não gostava de ser remetida a nada.

— Elas são maravilhosamente leves como penas, devo concordar.

— Provem uma cada, minhas queridas — disse a cozinheira, com sua voz acolhedora. — A mãe de vocês nem vai saber.

Ah, impossível. Carolinas requintadas logo depois do café da manhã. Só de pensar dava arrepios. Mesmo assim, dois minutos depois, Jose e Laura estavam lambendo os dedos com aquele olhar absorto que só o sabor do chantilly é capaz de despertar.

— Vamos para o jardim, pelos fundos — sugeriu Laura. — Quero ver como os homens estão com a tenda. São homens tão absurdamente simpáticos.

Entretanto, a porta dos fundos estava bloqueada pela cozinheira, Sadie, o entregador da Godber e Hans.

Alguma coisa tinha acontecido.

— Tsc, tsc, tsc — cacarejava a cozinheira feito uma galinha agitada.

Sadie grudou a mão na bochecha, como se sofresse de dor de dente. A cara de Hans estava contraída pelo esforço que ele fazia para compreender. Só o entregador da Godber parecia estar se divertindo. Era ele quem contava a história.

— O que houve? O que aconteceu?

— Um acidente terrível — disse a cozinheira. — Um homem foi morto.

— Um homem foi morto! Onde? Como? Quando?

Mas o entregador da Godber não ia deixar sua história escapar assim, debaixo do próprio nariz.

— Sabe aquelas casinhas logo ali embaixo, moça?

Se sabia? Claro que ela sabia.

— Bom, tem um rapaz que mora lá, chamado Scott, um carroceiro — o homem continuou. — O cavalo dele se assustou com o barulho de um motor na esquina com Hawke Street, hoje de manhã, ele foi jogado e caiu com a parte de trás da cabeça. Morreu.

— Morreu! — Laura encarou o entregador da Godber.

— Já estava morto quando foram lá recolhê-lo — acrescentou o entregador da Godber com gosto. — Estavam levando o corpo quando eu estava vindo para cá. — E virou-se para a cozinheira: — Deixou a mulher e cinco filhos.

— Jose, vem cá — Laura agarrou a irmã pela manga da roupa e a arrastou pela cozinha até o outro lado da porta de revestimento verde. Ali, ela parou e se encostou. — Jose! — ela disse horrorizada. — Como é que vamos cancelar tudo?

— Cancelar tudo, Laura? — questionou Jose, espantada. — O que você quer dizer?

— Cancelar a festa no jardim, óbvio. — Por que Jose se fazia de desentendida?

Mas Jose ficou ainda mais atordoada.

— Cancelar a festa no jardim? Minha querida Laura, não seja ridícula. Claro que não podemos fazer isso. Ninguém espera isso de nós. Não seja tão exagerada.

— Mas não temos nenhuma possibilidade de fazer uma festa quando há um homem morto bem do lado de fora do nosso portão.

De fato, aquilo era um exagero, já que as casinhas ficavam numa viela isolada ao

pé de um aclive bem acentuado que dava para a casa. Uma estrada larga separava os dois lugares. Eram próximos, verdade. As casinhas eram a coisa mais feia de se ver e não tinham qualquer direito de estar localizadas ali naquela vizinhança. Eram casebres pobres pintados de marrom-chocolate. Nos quintais, não havia nada além de talos de repolho, galinhas adoentadas e latas de sopa de tomate. Até a fumaça que saía das chaminés parecia miserável. Pequenos retalhos e fios de fumaça, tão diferentes da grande pluma prateada que se desenrolava das chaminés da residência dos Sheridan. Lavadeiras moravam lá, e limpadores de chaminé, um sapateiro e um homem cuja fachada da casa era tomada por gaiolas. Um enxame de crianças. Quando os Sheridan eram pequenos, foram proibidos de ir naquela área por conta da linguagem chula e pelo tipo de coisa que poderiam pegar. Mas, depois de crescidos, Laura e Laurie, nas suas caminhadas, às vezes, passavam por lá. O lugar era nojento e sórdido. Eles voltavam tremendo. Ainda assim, é preciso ir para todo lado, é preciso ver de tudo. Então, eles iam.

— E pense na banda tocando nos ouvidos da pobre viúva — observou Laura.

— Ai, Laura — Jose começou a realmente se irritar. — Se você for impedir uma banda de tocar toda vez que um acidente acontecer, vai levar uma vida muito difícil. Eu lamento tanto quanto você. Eu sinto a mesma dó — o olhar dela se endureceu. Ela olhou a irmã exatamente como costumava fazer quando eram crianças e brigavam. — Você não vai trazer um bêbado de volta à vida sendo sentimental — disse em tom suave.

— Um bêbado! Quem disse que ele estava bêbado? — Laura se virou com fúria para Jose e disse exatamente o que costumava dizer quando essas coisas aconteciam. — Eu vou agora mesmo contar para a mãe.

— Vai, queridinha — sussurrou Jose.

— Mãe, posso entrar no seu quarto? — Laura girou a grande maçaneta de vidro.

— Claro, querida. Por quê? O que houve? Por que você está dessa cor? — A senhora Sheridan virou as costas para a penteadeira. Ela experimentava um chapéu novo.

— Mãe, um homem foi morto — começou Laura.

— Não foi no jardim, *foi*?! — interrompeu a mãe.

— Não, não!

— Nossa, que susto você me deu! — senhora Sheridan suspirou em alívio, tirou o chapéu e posicionou-o no colo.

— Mas escute, mãe — insistiu Laura. Sem fôlego, engasgada, ela narrou a terrível história. — É lógico que não podemos

dar uma festa, certo? — implorou ela. — A banda, as pessoas chegando. Eles nos escutarão, mãe. Eles são praticamente nossos vizinhos.

Para o espanto de Laura, sua mãe reagiu exatamente como Jose. E era ainda mais difícil aguentar porque ela parecia se divertir com aquilo. Ela se recusou a levar Laura a sério.

— Mas, minha querida, seja sensata. Se soubemos disso, foi simplesmente por acaso. Se alguém lá tivesse morrido como de costume (e eu não consigo compreender como eles se mantêm vivos naqueles buraquinhos apertados), nós daríamos a festa de qualquer forma, não daríamos?

Laura teve que concordar, mas sentiu que aquilo estava errado. Ela sentou-se no sofá da mãe e apertou as franjas de uma almofada.

— Mãe, não é terrivelmente cruel da nossa parte? — perguntou.

— Querida!

A senhora Sheridan se levantou e caminhou na direção da filha, levando consigo o chapéu. Antes que Laura conseguisse evitar, a mãe o colocou na sua cabeça.

— Minha filha — disse sua mãe —, o chapéu é seu. Foi feito para você. É muito jovial para mim. Eu nunca te vi tão linda, parece uma pintura. Olhe para você! — E ela segurou um espelho de mão.

— Mas, mãe… — recomeçou Laura. Ela não conseguia se olhar; virou-se para o outro lado.

Dessa vez, a senhora Sheridan perdeu a paciência, exatamente como acontecera com Jose.

— Você está sendo ridícula, Laura — disse com frieza. — Aquele tipo de gente não espera sacrifícios de nós. E não é muito agradável estragar a alegria alheia como você está fazendo agora.

— Eu não entendo — disse Laura, retirando-se na mesma hora para o seu quarto.

Lá, por acaso, a primeira coisa que viu foi uma menina charmosa refletida no espelho, usando um chapéu preto arrematado com margaridas douradas e um laço comprido de veludo preto. Ela nunca imaginou que pudesse ficar assim. *A mãe está certa?*, pensou. E agora ela esperava que sua mãe tivesse razão. *Estou exagerando?* Talvez aquilo fosse um exagero. Por um momento, lembrou de relance da pobre mulher e seus filhos, e do corpo sendo carregado para dentro da casa. Mas tudo ficou embaçado, irreal, como uma fotografia no jornal. *Vou pensar nisso de novo quando a festa acabar*, resolveu. E, por alguma razão, aquele pareceu-lhe o melhor plano…

O almoço terminou por volta de uma e meia. Lá pelas duas e meia, estavam todos prontos para a missão. A banda, com os integrantes de casacos verdes, havia chegado e se posicionado numa ponta da quadra de tênis.

— Minha querida — se entusiasmou Kitty Maitland —, eles não se parecem demais com sapos? Você tinha que ter colocado a banda em volta da lagoa, com o maestro no meio, em cima de uma folha.

Laurie chegou e as cumprimentou a caminho de se vestir. Ao vê-lo, Laura pensou no acidente de novo. Ela queria contar a ele. Se Laurie concordasse com os outros, então era certo de terem razão. E ela o seguiu até o saguão.

— Laurie!

— Olá!

Ele já estava no meio da escada, mas, quando se virou e viu Laura, estufou as bochechas e arregalou os olhos para ela.

— Minha nossa, Laura! Você está deslumbrante — elogiou Laurie. — Que chapéu absolutamente esplêndido!

— Você acha? — perguntou Laura, a voz débil, e sorriu de volta para Laurie. Acabou por não dizer nada a ele.

Logo depois, as pessoas começaram a chegar como ondas. A banda começou a tocar; os garçons contratados corriam da casa até a tenda. Para onde se olhava havia casais passeando, se curvando para ver as flores, se cumprimentando, se movimentando pelo gramado. Pareciam aves cintilantes que pousaram no jardim dos Sheridan por uma tarde, a caminho de... onde? Ah, que alegria estar ao lado de pessoas felizes, apertar suas mãos, suas bochechas, sorrir para seus olhos.

— Laura, querida, como você está bem!

— Que chapéu formidável, meu bem!

— Laura, você parece uma espanhola. Nunca te vi tão estonteante.

E Laura, radiante, respondia cordialmente:

— Você já se serviu de chá? Não vai querer gelo? Os sorbets de maracujá estão realmente especiais. — Ela correu até o seu pai e implorou: — Papai, a banda pode beber alguma coisa?

E a tarde perfeita foi vagarosamente desabrochando, esvanecendo e fechando sua copa.

"Nunca houve uma festa no jardim tão agradável…"

"O maior sucesso…"

"A melhor…"

Laura ajudou a mãe com as despedidas. Elas ficaram uma ao lado da outra na entrada da casa até tudo acabar.

— Acabou. Acabou. Graças aos céus — disse a senhora Sheridan. — Vá buscar os outros, Laura, e vamos tomar um café fresco. Estou exausta. Sim, foi um sucesso. Mas, olha, essas festas… essas festas! Por que vocês, crianças, insistem em dar festas?

E todos eles se sentaram na tenda vazia.

— Papai querido, coma um sanduíche. Fui eu que escrevi nas bandeirinhas.

— Obrigado.

O senhor Sheridan deu uma mordida e o sanduíche desapareceu. Pegou outro.

— Imagino que vocês não tenham ouvido sobre o acidente atroz que aconteceu hoje, não é? — perguntou ele.

— Meu bem — disse a senhora Sheridan, levantando a mão. — Ouvimos. E quase estragou a festa. Laura insistiu que a cancelássemos.

— Ah, mãe — Laura não queria servir de chacota por causa daquilo.

— Foi um acontecimento aterrador, contudo — comentou o senhor Sheridan. — O rapaz era casado também. Morava logo no final da ruazinha e deixou a mulher e meia dúzia de moleques, dizem.

Pairou um breve silêncio constrangedor. A senhora Sheridan mexeu na xícara. Sinceramente, era muita falta de jeito do pai...

De repente, ela levantou os olhos. Em cima da mesa havia todos aqueles sanduíches, bolos, carolinas... todos intocados, todos seriam desperdiçados. Ela teve uma de suas brilhantes ideias.

— Já sei! — disse. — Vamos arrumar uma cesta. Vamos mandar para aquela pobre criatura essas comidas que estão em perfeito estado. Sem dúvida vai ser o maior mimo para as crianças. Vocês não concordam? E, além do mais, ela certamente terá vizinhos indo visitá-la e tal. Que coincidência ter tudo já pronto. Laura! — A garota deu um pulo. — Busque a cesta grande que está no armário debaixo da escada.

— Mas, mãe, você tem certeza de que essa é uma boa ideia? — perguntou Laura.

De novo, que curioso, ela parecia se comportar diferente de todos os outros. Levar restos de festa? Será que a pobre mulher ia mesmo apreciar isso?

— Claro! O que há com você hoje? Há uma hora ou duas você insistia para que fôssemos solidários e agora...

Pois bem! Laura foi correndo buscar a cesta. Sua mãe a encheu, lotou até a borda.

— Leve você mesma, querida — pediu ela. — Corra lá assim como está. Não, espere, leve esses copos-de-leite. Gente dessa classe se impressiona muito com copos-de-leite.

— Os talos vão acabar com a renda do vestido dela — apontou a prática Jose.

Acabariam mesmo. Bem lembrado.

— Só a cesta, então. E, Laura — sua mãe a acompanhou para fora da tenda —, em hipótese alguma...

— O que, mãe?

Não, melhor não por ideias na cabeça da filha!

— Nada! Corra lá.

Havia começado a escurecer quando Laura fechou o portão do jardim. Um cachorro grande correu atrás dela como uma sombra. A estrada tinha um brilho branco e embaixo, no ermo, as casinhas estavam cm profunda escuridão. Quão quieto era depois do entardecer. E ali estava ela, indo ladeira abaixo em direção ao local onde jazia um homem morto. Ela não conseguia entender. Por que não? Parou por um minuto. E era como se beijos, vozes, o tilintar de colheres, risadas, o cheiro da grama pisada estivessem dentro dela. Não havia espaço para mais nada. Que estranho! Ela olhou para o céu pálido e tudo que pensou foi: *Sim, foi uma festa excelente.*

Agora a larga estrada havia sido cruzada. Começava a ruazinha enfumaçada e escura. Mulheres em xales e bonés xadrezes masculinos passaram por ela. Homens se debruçavam sobre as cercas. Crianças brincavam nas calçadas. Um zumbido baixo vinha dos casebres pobres. Em alguns deles havia uma luz cintilando e uma sombra que, como um caranguejo, se movia ao longo da janela. Laura abaixou a cabeça e se apressou. Naquela hora, pensou que deveria ter se agasalhado. Como brilhava seu vestido! E o chapéu grande com laço de veludo... Se ao menos fosse outro chapéu! As pessoas estavam olhando para ela? Deviam estar. Foi um equívoco ter vindo; ela sempre soube que era um equívoco. Deveria voltar, então, agora?

Não, era tarde demais. Essa era a casa. Teria de ser. Um nó escuro de gente estava parado na porta. Ao lado do portão, uma mulher velha, muito velha, que segurava uma muleta, estava sentada numa cadeira, observando. Seus pés repousavam em cima de um jornal. As vozes se silenciaram à medida que Laura se aproximou. O grupo se dispersou. Era como se ela fosse aguardada, como se soubessem que ela viria.

Laura estava terrivelmente nervosa. Mexendo no laço de veludo por cima do ombro, ela disse a uma mulher parada por ali:

— É aqui a casa da senhora Scott?

E a mulher, dando um sorriso estranho, respondeu:

— É sim, minha menina.

Ah, quem dera fugir dali! Ela, de fato, disse "Deus, me ajude" à medida que subia pelo caminho estreito e batia à porta. Quem dera fugir desses olhares que encaram ou estar coberta por qualquer coisa, até mesmo por um dos xales dessas mulheres. *Eu deixo a cesta e vou*, ela resolveu. *Não vou nem esperar que a cesta se esvazie.*

Então, uma porta se abriu. Uma mulher baixa, de preto, apareceu no escuro. Laura perguntou:

— É a senhora Scott?

Mas, para o seu espanto, a mulher respondeu:

— Entre, por favor, moça. — E fechou a passagem.

— Não — disse Laura. — Eu não quero entrar. Eu só quero deixar esta cesta. Foi a mãe quem mandou.

A mulher baixa do corredor escuro parecia não ter ouvido.

— Venha por aqui, por favor, moça — pediu numa voz oleosa, e Laura a seguiu.

Ela deu por si numa pequena cozinha precária, de teto baixo, iluminada apenas por um lampião enfumaçado. Havia uma mulher sentada em frente à chama.

— Em — disse a senhorinha que a fizera entrar. — Em! É uma jovem moça. — Ela se virou para Laura e disse expressivamente: — Eu sou a irmã dela, moça. Você a desculpa, não é?

— Ah, mas claro! — respondeu Laura. — Por favor, por favor, não a incomode. Eu... eu só queria deixar...

Mas, nessa hora, a mulher da fogueira se virou. Seu rosto volumoso e vermelho, os olhos e os lábios inchados. Tinha uma aparência horrível. Ela parecia não conseguir entender a razão de Laura estar ali. O que era aquilo? Por que essa estranha estava parada na sua cozinha com uma cesta? O que significava aquilo? Seu pobre rosto se enrugou de novo.

— Está bem, minha querida — disse a outra. — Eu agradeço à mocinha. — E de novo ela começou: — Você a desculpa, moça, tenho certeza. — E o seu rosto, inchado também, esboçou um sorriso forçado.

Laura só queria sair dali, ir embora. Ela voltou ao corredor. A porta se abriu. Ela andou e entrou direto no quarto onde estava o morto.

— Você gostaria de dar uma espiada nele, não é? — disse a irmã de Em, e resvalou em Laura, indo até a cama. — Não tenha medo, menina. — E agora a voz dela soava afetuosa e furtiva. Com cuidado, ela retirou o lençol. — Ele está tão bem. Parece um boneco. Venha, minha querida.

Laura foi.

Lá jazia um homem jovem, dormindo profundamente; dormindo tão sólida e profundamente que era como se ele estivesse longe, muito longe das duas. Tão distante, tão tranquilo. Ele estava sonhando. Nunca seria acordado de novo. Sua cabeça estava mergulhada no travesseiro, os olhos, fechados; cegos sob as pálpebras cerradas. Estava rendido aos seus sonhos. Que importância tinham para ele as festas nos jardins, as cestas, os vestidos de renda? Ele estava distante de tudo isso. Era belo, lindo. Enquanto eles riam e a banda tocava, essa maravilha estava na estradinha. Feliz… feliz… Tudo está bem, dizia o rosto que dorme. Era para ser assim mesmo. Estou contente.

Ainda assim, Laura teria que chorar, e não conseguiria sair do quarto sem dizer algo a ele. A garota chorou alto como uma criança.

— Perdoe o meu chapéu — disse.

E, dessa vez, não esperou pela irmã de Em. Ela mesma encontrou a saída; pela porta, descendo o caminho, passando por todas aquelas pessoas sombrias. Na esquina da estradinha, encontrou Laurie.

Ele saiu da sombra.

— É você, Laura?

— Sim.

— A mãe estava ficando preocupada. Foi tudo bem?

— Sim, tudo. Ah, Laurie! — Ela deu o braço a ele e se aconchegou.

— Ora, você não está chorando, está? — perguntou o irmão.

Laura balançou a cabeça. Estava.

Laurie envolveu-a nos braços.

— Não chore — pediu ele com sua voz doce, morna. — Foi horrível?

— Não — soluçou Laura. — Foi simplesmente maravilhoso. Mas, Laurie... ela parou, olhou para o irmão. — A vida não é... — ela gaguejou — A vida não é...

Mas o que era a vida ela não conseguia explicar. Não importava. Ele entendeu perfeitamente.

— E *não é*, querida? — disse Laurie.

A VIDA DE MA PARKER

Quando o literato, para quem a velha Ma Parker limpava a casa toda terça-feira, abriu a porta para ela naquela manhã, perguntou sobre o seu neto. Ma Parker, de pé no capacho na pequena entrada escura e esticando a mão para ajudar o homem a fechar a porta atrás dela, respondeu baixinho:

— Nós o enterramos ontem, senhor.

— Ah, meu Deus! Sinto muito — disse o literato num tom perplexo. Ele estava no meio do café da manhã. Usava um roupão bastante puído e segurava em uma das mãos um jornal amassado. Contudo, ele se sentiu incomodado. Era incapaz de voltar para a aconchegante sala de estar sem dizer alguma coisa... qualquer coisa que fosse. Mas já que essa gente dá tanta importância a funerais, ele disse amavelmente:

— Espero que tudo tenha corrido bem no enterro.

— Desculpa, senhor, não entendi — disse Ma Parker com a voz rouca.

Pobrezinha! Ela parecia mesmo acabada.

— Espero que o enterro tenha corrido... bem — repetiu ele.

Ma Parker não respondeu. Ela abaixou a cabeça e saiu mancando em direção à cozinha, segurando firme uma sacola velha de peixe em que carregava seus aparatos de limpeza, um avental e um par de pantufas de feltro.

O literato arqueou as sobrancelhas e voltou ao seu café da manhã.

— Está arrasada — comentou ele em voz alta, enquanto se servia de marmelada.

Ma Parker tirou os grampos que prendiam a touca e a pendurou atrás da porta. Ela desabotoou o casaco surrado e o pendurou também. Depois, amarrou o avental e se sentou para tirar as botas.

Tirar ou colocar as botas era uma agonia para ela, mas já era uma agonia há anos. De fato, ela já estava tão acostumada com a dor que a sua feição se fechava e se tensionava, pronta para a pontada antes mesmo de desamarrar os cadarços. Feito isso, ela se endireitava com um suspiro e delicadamente massageava os joelhos...

— Vó! Vó! — O netinho estava em pé no colo dela, com suas botinhas de botões. Ele acabara de voltar da rua, onde tinha ido brincar.

— Olhe o estado em que você deixou a saia da sua vó. Menino levado!

Mas ele enlaçava os braços em volta do pescoço dela e esfregava suas bochechas nas da avó.

— Vó, dá um trocado! — pedia ele.

— Cai fora, menino. A vó não tem trocado nenhum.

— Tem, tem, sim.

— Tenho nada.

— Tem, sim, dá um pouquinho!

Ela já sentia pena da carteira de couro preta, amassada, velha.

— Tudo bem, mas o que você dá para a sua vó em troca?

Ele sorriu timidamente e se aninhou ainda mais a ela. Ma sentiu os cílios da criança batendo em seu rosto.

— Eu não tenho nada... — sussurrou ele.

A velha mulher deu um pulo, retirou a chaleira de ferro do fogão e levou-a para a pia. O barulho da água batendo na chaleira parecia anestesiar a dor. Ela encheu o balde e também a vasilha de lavar a louça.

Teria sido preciso um livro inteiro para descrever o estado daquela cozinha. Durante a semana, o literato se virava. Isso quer dizer que ele depositava as folhas de chá num pote de geleia vazio designado a esse propósito. E, se acabassem os garfos

limpos, ele passava um papel-toalha em um ou dois. Portanto, como explicava aos amigos, o sistema era bastante simples e ele não compreendia por que as pessoas se preocupavam tanto com a limpeza da casa.

— Você simplesmente suja tudo que tem, traz uma velha uma vez por semana para limpar, e a coisa está feita.

O resultado disso era que o lugar parecia uma lata de lixo gigante. Até o chão estava cheio de migalhas de torrada, envelopes, bitucas de cigarro. Mas Ma Parker não se ressentia disso. Tinha pena do pobre jovem senhor por não ter ninguém para cuidar dele. Pela pequena janela embaçada, dava para ver um pedaço imenso de um céu triste. Onde havia nuvens, eram nuvens cansadas, caídas, de contornos frágeis, com buracos ou manchas escuras feito chá.

Enquanto a água fervia, Ma Parker começou a varrer o chão. Sim, ela pensou, enquanto passava a vassoura. Aqui e ali eu tive meu quinhão de uma vida dura.

Até os vizinhos falavam isso dela. Vários, quando ela ia para casa segurando sua sacola de peixe. Ela os ouvia, esperando na esquina, pendurados nas grades das fachadas, conversando entre eles.

— Ela teve uma vida dura, a Ma Parker.

E era verdade mesmo, e ela não tinha orgulho algum disso. Era a mesma coisa que dizer que ela vivia lá atrás, no porão do número 27. Uma vida dura...

Aos 16, saiu de Stratford e veio para Londres como ajudante de cozinha. Sim, ela nasceu em Stratford-upon-Avon. Shakespeare, senhor? Não, as pessoas sempre perguntavam a ela sobre ele. Mas ela nunca tinha ouvido falar daquele nome até vê-lo nos teatros.

Nada sobrou de Stratford, a não ser aquele "sentar-se em frente à lareira numa noite na qual era possível ver

as estrelas pelo buraco da chaminé" e a "mãe sempre tinha um pedaço de bacon pendurado no teto". E havia outra coisa, um arbusto — isso, era um arbusto — em frente à porta, que emanava um cheiro tão bom... Mas a lembrança era muito vaga. Só se lembrou dele uma ou duas vezes, no hospital, quando esteve doente.

Foi um lugar horrível, a primeira casa. Ela nunca podia sair. Nunca subia até o andar de cima, a não ser para rezar de manhã e à noite. O porão tinha um bom tamanho. E a cozinheira era uma mulher cruel. Ela costumava arrancar-lhe as cartas que chegavam antes mesmo que Ma Parker pudesse lê-las e as jogava no forno porque elas a deixavam muito distraída... E os besouros! Imagina! Até chegar a Londres, ela nunca tinha visto um besouro preto. Ora! Sobre isso, Ma sempre dava uma risadinha, como se nunca ter visto um besouro preto fosse a mesma coisa que dizer que alguém nunca tinha visto os próprios pés.

Quando a família vendeu a casa, ela foi como "ajudante" para o lar de um médico e depois de dois anos lá, na labuta de manhã até à noite, casou-se com seu marido. Um padeiro.

— Um padeiro, senhora Parker! — O literato dizia. Porque, ocasionalmente, ele estava disposto ao menos a isso, a ouvir sobre essa coisa chamada *vida*. — Deve ter sido bom ter sido casada com um padeiro! — A senhora Parker não aparentava ter tanta certeza. — Uma profissão tão decente — dizia o homem. — A senhora Parker não parecia estar convencida. — A senhora não gostava de entregar pães aos fregueses?

— Bem, senhor — respondia a senhora Parker —, eu não frequentava muito o recinto. Nós tínhamos treze filhos e

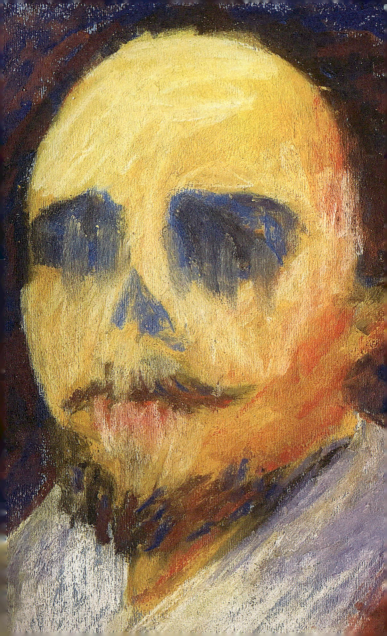

enterramos sete deles. Se não era o hospital, era a enfermaria, sabe como é.

— Sei, sim, *de fato*, senhora Parker! — respondia o homem, imitando um arrepio e voltando à sua caneta.

Sim, sete já tinham ido embora, e enquanto seis ainda eram pequenos, o marido foi internado com intoxicação. Farinha nos pulmões, dissera o médico na época... O marido dela sentado na cama, a camisa levantada até a cabeça, e o dedo do médico desenhando um círculo nas costas dele.

— Agora, se nós o abríssemos *aqui*, senhora Parker — explicara o médico —, acharíamos os pulmões dele completamente entupidos de pó branco. Respire, meu amigo!

E a senhora Parker nunca soube ao certo se viu ou se imaginou ver uma grande nuvem de poeira saindo dos lábios do pobre marido...

Mas e a dificuldade que ela teve ao criar aquelas seis crianças enquanto mantinha a discrição? Foi terrível! Depois, quando eles já tinham idade para ir à escola, a irmã do marido veio para ficar com eles e ajudar a lidar com as coisas, e não tinha chegado há dois meses quando ele caiu de uma escada e lesionou a espinha. Então, por cinco anos, Ma Parker teve outro bebê — e um muito chorão! — para tomar conta. Depois, a jovem Maudie foi para o mau caminho e levou sua irmã Alice com ela; os dois meninos foram embora do país e o jovem Jim foi para a Índia com o Exército; e Ethel, a mais nova, casou-se com um garçom inútil que morreu de úlcera no ano em que Lennie nasceu. E agora o pequenino Lennie... *Meu neto...*

A pilha de xícaras e pratos sujos foi lavada e secada. As facas pretas foram limpas com um pedaço de batata e depois com cortiça. A mesa e o armário foram esfregados, assim como a pia, que tinha rabo de sardinha nadando dentro dela...

Ele nunca foi um menino forte — nunca, desde o começo. Sempre foi um desses bebês delicados que todo mundo confundia com uma menina. Cachinhos loiro-acinzentados, ele tinha; olhos azuis e uma pintinha em formato de diamante no lado do nariz. O trabalho que ela e Ethel tiveram para criar aquela criança! As coisas que tiravam dos jornais para chamar a atenção dele! Todo domingo Ethel lia em voz alta, enquanto Ma Parker lavava a roupa.

"Prezado, senhor. Só uma notinha para avisar que a minha pequena Mirtyl, que foi dada como caso perdido... depois de quatro mamadeiras... ganhou cinco quilos em nove semanas *e continua engordando.*"

E então, o potinho de tinta era tirado do armário, a nota era escrita e Ma compraria

selos na manhã seguinte. Mas era inútil. Nada fazia o pequeno Lennie engordar de verdade. Levá-lo ao cemitério, nem isso fez com que ele ganhasse cor; uma boa sacolejada dentro do ônibus nunca estimulou seu apetite.

E ele era o netinho da vó...

— De quem é esse menino? — perguntava a velha Ma Parker, endireitando-se ao lado do fogão e indo à janela embaçada. E uma vozinha, tão gostosa, tão próxima que dava a ela pequenas palpitações que pareciam ser no peito, embaixo do coração, ria alto e dizia:

— Sou da vovó!

Naquele momento, houve um barulho de passos e o literato apareceu, pronto para sair.

— Ó, senhora Parker, estou de saída.

— Tá bem, senhor.

— E o seu dinheiro está na bandeja do tinteiro.

— Obrigada, senhor.

— Ah, e por acaso, senhora Parker — disse apressadamente o literato —, a senhora não jogou fora o chocolate em pó da última vez que veio aqui, jogou?

— Não, senhor.

— *Que estranho*. Eu poderia jurar que deixei uma colher de chocolate em pó na lata.

Ele parou subitamente. Disse em voz cordial, mas firme:

— Sempre vai me dizer se jogar alguma coisa fora, não vai, senhora Parker?

E saiu satisfeito consigo; convencido, na verdade, de ter mostrado à senhora Parker que, ainda que ele tivesse uma aparência desleixada, era tão vigilante quanto uma mulher.

A porta bateu. Ela pegou as escovas e os panos e foi para o quarto. Mas quando começou a arrumar a cama — amaciando, alinhando, endireitando e dando batidinhas no lençol, a lembrança do pequeno Lennie ficou insuportável. Por que ele teve que sofrer tanto? Era isso que ela não conseguia entender. Por que um anjinho de criança tem que sofrer por um respiro e lutar por isso? Não havia sentido em fazer uma criança sofrer dessa forma.

...Da caixinha torácica de Lennie, veio o som de algo borbulhando. Havia alguma coisa grande como um caroço fervendo no peito dele, algo de que ele não conseguia se livrar. Quando ele tossia, o suor pulava da sua cabeça; os olhos se arregalavam; as mãos agitavam-se em espasmos e o caroço grande borbulhava como uma batata batendo na panela. Mas o que era ainda pior era quando ele não tossia, recostava no travesseiro e não falava nem respondia, nem mesmo com a cabeça. Só parecia ferido.

— Não é a sua pobre e velha vó fazendo isso, meu benzinho — dizia a velha Ma

Parker, colocando para trás das orelhinhas vermelhas dele o cabelo úmido.

Mas Lennie tirava o cabelo e se afastava. Ele aparentava estar muitíssimo chateado com ela — e solene também. Abaixava a cabeça e a olhava de lado, como se não pudesse acreditar no que a avó tivesse feito.

Mas, no fim das contas... Ma Parker jogou a manta em cima da cama. Não, ela simplesmente não aguentava mais pensar naquilo. Era muito para ela. Tinha suportado coisa demais nessa vida. Aguentou até agora, guardou tudo para si mesma e nunca, em momento algum, foi vista chorando. Nunca, por ninguém. Nem mesmo seus próprios filhos a viram perder as estribeiras. Ela sempre manteve um semblante firme. Mas agora... Lennie tinha ido embora — o que restava a ela? Nada. Ele era tudo o que possuía na vida, e agora até isso tinha sido tirado dela. *Por que isso tinha que acontecer comigo?*, ela se perguntava.

— O que eu fiz? — dizia a velha Ma Parker. — O que eu fiz?

Enquanto repetia essas palavras, ela de repente deixou a escova cair. Estava na cozinha. Sua miséria era tão grande que prendeu a toca com os grampos, colocou o casaco e foi embora do apartamento como uma pessoa que sai de um sonho. Ela não sabia o que estava fazendo. Era como se ela fosse uma pessoa que, atordoada pelo horror dos acontecimentos, fosse embora — para qualquer lugar, como se indo embora ela pudesse escapar...

Estava frio lá fora. Um vento frio feito gelo. As pessoas andavam rápido, apressadamente; os homens caminhavam como tesouras, as mulheres desfilavam como gatos. E ninguém tinha ideia. Ninguém se importava. Mesmo que ela caísse no choro, se, finalmente, depois de todos esses anos, ela chorasse, se veria ignorada, como se nada estivesse acontecendo.

Mas a ideia do choro era como se o pequeno Lennie pulasse nos braços da avó. Ah, é isso que ela quer fazer, meu passarinho. A vó quer chorar. Se ela pudesse só chorar agora, chorar durante muito tempo, por tudo, começando pela primeira casa, a cozinheira cruel, as idas ao médico e depois pelos sete filhos, a morte do marido, as crianças indo embora e todos os anos de miséria que antecederam Lennie. Mas chorar bastante por todas essas coisas levaria muito tempo. Ainda que o tempo para isso tivesse chegado. Ela precisava chorar. Já não podia postergar, ela já não podia esperar mais... Para onde ela iria?

"Que vida dura teve a Ma Parker, que vida dura." Sim, uma vida dura, de fato! O queixo começou a tremelicar; não havia tempo a perder. Mas onde chorar? Onde?

Ela não podia ir para casa; Ethel estava lá. Aquilo assustaria muito Ethel. Ela não podia se sentar num banco qualquer; as pessoas viriam e perguntariam coisas. Ela não poderia de jeito nenhum voltar para a casa do literato; não era direito dela chorar na casa de estranhos. Se ela se sentasse num degrau, algum policial a abordaria.

Ó, não havia lugar nenhum onde ela pudesse se esconder e se guardar para si mesma pelo tempo que quisesse, sem incomodar ninguém e sem se preocupar com ninguém? Não havia lugar nenhum no mundo onde ela pudesse, finalmente, colocar para fora o seu pranto?

Ma Parker se levantou, olhando para cima e para baixo. O vento gelado fez do seu avental um balão. E então começou a chover. Não havia lugar nenhum.

AS FILHAS DO FALECIDO CORONEL

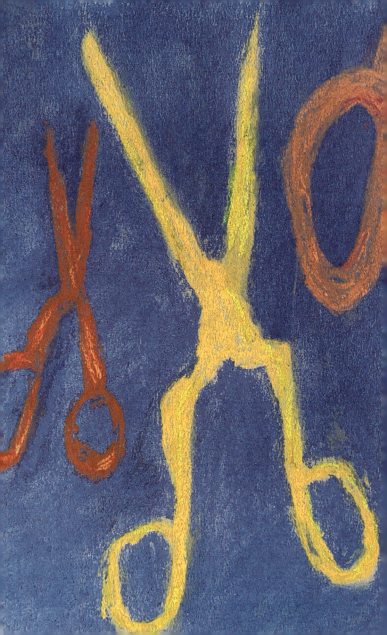

I

A semana que se seguiu foi das mais assoberbadas da vida delas. Até quando iam para a cama, só os corpos se deitavam e descansavam; as cabeças não paravam, pensando nas coisas, conversando sobre as coisas, questionando, decidindo, tentando se lembrar onde...

Constantia estava deitada como uma estátua, os braços esticados ao longo do corpo, os pés levemente cruzados, o lençol até o queixo. Encarava o teto.

— Você acha que o pai se importaria se déssemos a cartola dele ao zelador?

— Ao zelador? — retrucou Josephine.

— Por que ao zelador? Que ideia absurda!

— Porque… — disse Constantia, calmamente — ele deve ter que comparecer sempre a enterros. E eu notei no… no cemitério que ele usava apenas um chapéu-coco. — Ela pausou. — Pensei, então, no quanto ele apreciaria uma cartola. Além do quê, devíamos dar a ele um presente. Sempre foi muito afável com o pai.

— Mas — exclamou Josephine, apoiando-se subitamente no travesseiro e olhando Constantia no escuro — a cabeça do pai! — E de repente, por um momento, ela quase deixou escapar um riso nervoso. Não que, é claro, ela sentisse a menor vontade de rir. Devia ser a força do hábito. Anos antes, quando elas ficavam acordadas até tarde conversando, as camas até tremiam de tanta risada. E agora, a cabeça do zelador desparecendo, pequena como uma vela, usando o chapéu do pai… O ímpeto de rir foi surgindo, surgindo; ela apertou as mãos; tentou se controlar. Fechou a cara severamente no

escuro e disse, muitíssimo séria: — Lembre-se, podemos decidir amanhã.

Constantia não tinha notado nada; suspirou.

— Você acha que devemos tingir nossos robes de preto também?

— Preto? — Josephine quase gritou.

— Ué, do que mais? — disse Constantia. — Estive pensando... de certa forma, não me parece muito honesto vestir preto fora de casa, quando estamos arrumadas, e em casa...

— Mas ninguém nos vê — argumentou Josephine. Ela puxou a manta de forma tão súbita que os dois pés ficaram descobertos e ela precisou subir mais no travesseiro para cobri-los de novo.

— Kate nos vê — observou Constantia. — E é bem possível que o carteiro também.

Josephine pensou nas suas pantufas vermelho-escuras, da mesma cor do seu robe, e no preferido de Constantia, de um esverdeado impreciso que combinava com as pantufas dela. Preto! Dois robes pretos e dois pares de pantufas de lã pretas rastejando para o banheiro como dois gatos pretos.

— Não acho que seja de todo necessário — afirmou.

Silêncio. E então, Constantia disse:

— Devemos enviar amanhã os jornais com o aviso para que cheguem ao Ceilão a tempo... Quantas cartas recebemos até agora?

— Vinte e três.

Josephine havia respondido a todas elas; e vinte e três vezes, quando escrevera "Sentimos imensa falta do nosso querido pai", ela tinha chorado e precisado usar o lenço, e algumas vezes teve que usar o canto do mata-borrão para enxugar uma lágrima azul-clarinha. Estranho! Aquilo não podia ser fingimento — mas vinte e três vezes? Até mesmo agora, enquanto dizia tristemente a si mesma "Sentimos *imensa* falta do nosso querido pai", ela teria chorado se quisesse.

— Você tem selos suficientes? — a pergunta veio de Constantia.

— Como é que eu posso saber? — respondeu Josephine irritada. — Qual a utilidade em querer saber isso agora?

— Eu estava só perguntando — disse Constantia suavemente.

Silêncio outra vez. Ouviu-se um pequeno ruído, um bulício, um pulo.

— Um rato — falou Constantia.

— Não pode ser um rato porque não há qualquer farelo de comida — respondeu Josephine.

— Mas ele não sabe que não tem — retrucou Constantia.

Um espasmo de pena fisgou seu coração. Coitadinho! Queria ter deixado um pedacinho de biscoito na penteadeira. Era horrível pensar que o ratinho não acharia nada para comer. O que ele faria?

— Não consigo imaginar como eles sequer sobrevivem — disse ela pausadamente.

— Quem? — perguntou Josephine

E Constantia respondeu mais alto do que pretendia.

— Os ratos.

Josephine ficou furiosa.

— Que absurdo, Con — retrucou. — O que têm os ratos com isso? Você deve estar dormindo.

— Não acho que esteja — devolveu Constantia. E fechou os olhos para ter certeza. Estava.

Josephine arqueou as costas, levantou os joelhos, cruzou os braços com os pulsos sob as orelhas e apertou a bochecha contra o travesseiro.

II

Outra questão que complicou as coisas foi a presença da enfermeira Andrews, que estava hospedada durante aquela semana. A culpa era delas; foram elas que a convidaram. Tinha sido ideia de Josephine. Na manhã — quer dizer, na última manhã, quando o médico tinha ido embora —, Josephine disse a Constantia:

— Você não acha que seria bom se convidássemos a senhora Andrews para ficar por uma semana como nossa hóspede?

— Ótimo — concordou a irmã.

— Eu pensei... — continuou Josephine — que poderia falar com ela hoje à tarde depois de pagá-la. "Eu e minha irmã ficaríamos muito felizes, depois de tudo que fez por nós, senhora Andrews, se ficasse conosco por uma semana como nossa hóspede." Tenho que mencionar essa coisa de ficar como hóspede só para ser clara...

— Mas ela não poderia esperar que fosse ser paga — falou Constantia.

— Nunca se sabe — disse Josephine com astúcia.

A enfermeira, claro, aceitou na hora. Mas aquilo era um aborrecimento. Significava que elas tinham que se sentar regularmente para as refeições nas horas certas, ao passo que, se estivessem sozinhas, poderiam perguntar a Kate se ela se importava em levar-lhes uma bandeja aonde quer que estivessem. E os momentos das refeições, agora que a pressão havia passado, eram uma tortura.

A senhora Andrews era louca por manteiga. De fato, não havia como deixar de notar que, no que se tratava de manteiga, ela se aproveitava da generosidade. E a mulher tinha essa mania irritante de pedir só mais um pedacinho de pão para terminar o que havia no prato e, então, na última garfada, distraidamente — claro que não era distraidamente —, servia-se mais uma vez. Josephine ficava corada quando isso acontecia e colava os pequenos olhos em forma de conta na toalha de mesa, como se tivesse visto um estranho inseto minúsculo se arrastando pela teia. Mas o rosto longo e pálido de Constantia ficava ainda mais espichado enquanto ela desviava o olhar para longe — bem longe —, para além do deserto, para onde uma fila de camelos se desenrolava como um novelo de lã...

— Quando eu trabalhava para Lady Tukes — disse a senhora Andrews —, ela tinha uma pequeníssima manteigueira, muito delicada. Com um cupido minúsculo, prateado, que se equilibrava na... na borda de um pratinho de vidro, segurando um garfinho. E, quando se queria mais manteiga, era só pressionar seu pezinho e ele se abaixava e espetava mais um pouco em seu garfinho. Era uma fofura.

Josephine já não suportava mais aquilo. Porém, tudo que disse foi:

— Acho que essas coisas são extravagantes demais.

— Mas por quê? — perguntou a senhora Andrews, arregalando os olhos atrás dos óculos. — Certamente, ninguém se serviria de mais manteiga do que havia de querer... Será?

— A sineta, Con — pediu Josephine. Ela não confiava que pudesse responder a enfermeira com educação.

E a jovem e pedante Kate, a princesa mal-acostumada, chegou para verificar o que aquelas duas comadres queriam agora. Ela retirou os pratos baratos e jogou à mesa um manjar branco de aspecto terrível.

— Geleia, por favor, Kate — pediu Josephine educadamente.

Kate se ajoelhou, abriu o guarda-louças, torceu a tampa do pote de geleia, viu que estava vazio, colocou-o à mesa e marchou dali.

— Receio — disse a senhora Andrews logo em seguida — que tenha acabado.

— Ah, que chateação — comentou Josephine. Ela mordeu o lábio. — O que devemos fazer, então?

Constantia pareceu confusa.

— É melhor não incomodar Kate de novo — disse com jeito.

A senhora Andrews aguardou, sorrindo para ambas. Seus olhos curiosos observavam tudo por trás dos óculos. Constantia, em desespero, voltou aos seus camelos. Josephine franziu o rosto em uma expressão exagerada, tentando

se concentrar. Não fosse por essa mulher idiota, ela e Con teriam, claro, comido o manjar sem geleia.

De repente, uma ideia.

— Já sei — disse. — Marmelada! Tem marmelada no guarda-louças. Pega lá, Con.

— Eu espero… — A senhora Andrews, riu, e o seu riso soava como uma colher batendo num vidro de remédio. — Espero que a marmelada não seja amarga demais.

III

Mas, finalmente, não demorará muito e ela terá ido embora para sempre. Porém, não tinha como ignorar o fato de a mulher ter sido muito gentil com o pai delas. Ela cuidara dele dia e noite no fim da vida. Na verdade, tanto Constantia quanto Josephine sentiam, intimamente, que ela havia exagerado — inclusive por não ter saído do lado dele no final. Quando elas entraram no quarto para se despedir do pai, a senhora Andrews esteve sentada ao lado do leito o tempo inteiro, segurando o pulso dele e fingindo olhar no relógio. Não havia necessidade daquilo. Era mesmo uma deselegância. E se o pai

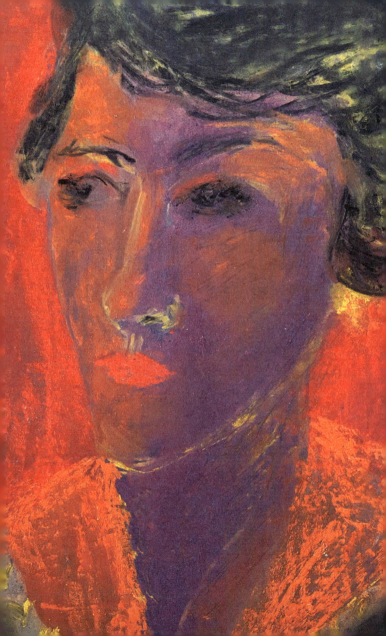

delas quisesse dizer algo às filhas... algo particular? Não que isso fosse acontecer. Longe disso! Ele estava lá deitado, roxo, um roxo escuro, a expressão irritada. Nem mesmo olhou para elas quando entraram. Aí, enquanto elas estavam lá paradas, pensando no que fazer, ele de repente abriu um dos olhos. Ó, que diferença aquilo teria feito, que diferença para a memória que elas tinham dele. Teria sido tão mais fácil dizer às pessoas se ele tivesse aberto os dois olhos! Mas não... um olho apenas. Encarou as duas por um momento e então... se foi.

IV

Foi constrangedor para elas quando o senhor Farolles, da paróquia de Saint John, telefonou naquela mesma tarde.

— O fim foi bastante tranquilo, estou certo? — foram as primeiras palavras que ele disse enquanto caminhava em direção a elas pela sala de visitas escura.

— Muito — disse Josephine sem convicção.

Ambas abaixaram a cabeça. Ambas pressentiam que aquele único olho aberto não era sinal de uma morte pacífica.

— Sente-se, por favor — indicou Josephine.

— Obrigado, senhorita Pinner — disse o senhor Farolles, agradecido. Ele dobrou as abas do casaco e se abaixou para se sentar na poltrona do pai. Mas, quase tocando o assento, deu um pulo e se sentou na poltrona ao lado.

O senhor tossiu. Josephine cruzou as mãos. Constantia tinha uma expressão distraída.

— Eu gostaria que entendessem, senhorita Pinner — disse o senhor Farolles — e senhorita Constantia, que eu desejo ser útil. Quero ser útil às duas, se me permitirem. Estes são momentos — continuou em tom direto e honesto — nos quais o Senhor espera que sejamos úteis para com os nossos semelhantes.

— Muito obrigada, senhor Farolles — disseram Josephine e Constantia.

— Não há de quê — respondeu o senhor Farolles amavelmente. Com muita consideração, ele se aproximou delas. —

E, se quiserem comungar, qualquer uma das duas ou as duas, aqui *e* agora, basta me dizerem. Uma pequena comunhão é sempre muito útil... Um imenso conforto — acrescentou com ternura.

Mas a ideia de comungar dava calafrios a elas. O quê? Só elas na sala de visitas sem nenhum... nenhum altar ou algo parecido?

O piano seria alto demais, pensou Constantia, *e o senhor Farolles não tinha qualquer condição de se debruçar com o cálice. E, certamente, Kate entraria abruptamente as interrompendo,* pensou Josephine. E imagina se a campainha toca no meio de tudo? Poderia ser alguém importante a dar-lhes as condolências. Elas se levantariam cheias de cerimônia e sairiam ou a pessoa teria que esperar em estado de tortura?

— Se quiserem, mandem um bilhete pela nossa amiga Kate, se preferirem

comungar outra hora — sugeriu o senhor Farolles.

— Claro, muito obrigada — responderam as moças.

O senhor Farolles se levantou e pegou o chapéu de palha preto de cima da mesa redonda.

— E, em relação ao enterro — disse docemente —, posso cuidar de tudo, como bom amigo de vocês e do seu pai, senhorita Pinner e senhorita Constantia?

Josephine e Constantia também se levantaram.

— Eu gostaria que fosse bem simples — informou Josephine de maneira firme. — E não muito dispendioso. Ao mesmo tempo, eu gostaria que...

— Fosse bom e durável — delirou Constantia, como se Josephine estivesse comprando uma camisola. Mas, claro, Josephine não disse isso. — Fosse à altura da posição do meu pai. — Ela se sentia muito nervosa.

— Vou falar com o nosso bom amigo, o senhor Knight — disse o senhor Farolles de forma amável. — Vou pedir a ele que venha conversar com vocês. Tenho certeza de que vão achá-lo muito prestativo.

V

Bem, àquela altura, toda essa parte estava terminada, ainda que nenhuma das duas conseguisse, de forma alguma, conceber a ideia de que o pai nunca mais voltaria. Josephine teve um momento de terror absoluto no cemitério enquanto abaixavam o caixão, concluindo que ela e Constantia tinham feito tudo aquilo sem ter pedido permissão ao pai. O que o pai diria quando descobrisse? Pois ele certamente descobriria, mais cedo ou mais tarde. Ele sempre descobria. "Enterrar! Minhas duas meninas mandaram me *enterrar*!" Ela ouviu o som da bengala dele bater. O que elas responderiam?

Que desculpa possível dariam? Aquilo parecia tão horrivelmente perverso. Tirar vantagem de forma tão cruel de uma pessoa incapacitada naquele momento. As outras pessoas pareciam ver aquilo com naturalidade. Eram desconhecidos. Não dava para esperar que entendessem que o pai era a última pessoa a quem aquilo deveria acontecer. Não, a culpa de tudo aquilo cairia sobre os ombros dela e de Constantia. E as despesas?, pensou enquanto subia no coche. E quando ela mostrasse a ele os custos. O que ele diria?

Ela o ouviu completamente enfurecido. "E vocês esperam que eu arque com essa aventura extravagante de vocês?"

— Ah — gemeu Josephine, alto. — Não deveríamos ter feito isso, Con!

E Constantia, amarela como uma lima no meio de todo aquele preto, sussurrou com receio.

— Feito o quê, Jug?

— Deixar que eles en-enterrassem o pai daquela maneira — disse Josephine aos prantos, chorando no seu lenço de luto, novo e de cheiro estranho.

— Mas o que mais poderíamos ter feito? — perguntou Constantia com curiosidade. — Não poderíamos tê-lo deixado, Jug... tê-lo deixado sem enterrar. Ainda mais num apartamento tão pequeno como o nosso.

Josephine assoou o nariz; o coche era terrivelmente abafado.

— Eu não sei — disse ela, desolada. — É tudo tão horrível. Sinto que poderíamos ter tentado, ao menos um pouco. Para ter absoluta certeza. — Suas lágrimas saltaram mais uma vez. — O pai nunca vai nos perdoar por isso. Nunca.

VI

O pai nunca as teria perdoado. Foi aquele o sentimento delas mais que nunca quando, dois dias depois, foram ao quarto dele para ver suas coisas. Elas haviam falado daquilo tranquilamente. Estava até na lista de coisas para fazer de Josephine. "Ver as coisas do pai e decidir o que fazer com elas." Mas aquilo era estranho de ser dito depois do café da manhã.

— Você está pronta, Con?

— Sim, Jug. Quando você quiser.

— Então acho melhor acabarmos logo com isso.

O corredor estava escuro. Havia sido uma regra por anos de nunca perturbar o

pai de manhã, acontecesse o que acontecesse. E agora, elas abririam a porta sem
nem mesmo bater... Os olhos de Constantia estavam arregalados de susto só de
pensar naquilo. Josephine sentiu os joelhos fracos.

— Você... você vai primeiro — ela
ofegou, empurrando Constantia.

Mas Constantia disse, como sempre
dizia nessas horas:

— Não, Jug, não é justo. Você é mais
velha.

Josephine estava quase dizendo algo
que, em outras circunstâncias, ela jamais diria, por nada no mundo, e que ela guardava como sua última arma, "Mas você é mais
alta", quando, então, elas notaram que a porta da cozinha estava aberta e lá estava Kate...

— Muito difícil de abrir — comentou
Josephine, agarrando a maçaneta e fazendo todo o possível para girá-la. Como se
fosse possível fazer Kate de boba!

Não tinha jeito. Aquela moça era...
E elas entraram e fecharam logo a porta.
Só que elas não estavam no quarto do pai.
Elas pareciam ter, de repente, atravessado
a parede e entrado por engano num
apartamento completamente diferente.
A porta estava mesmo atrás delas? Elas
estavam morrendo de medo de verificar.
Josephine sabia que, se a porta estivesse ali,
estaria bem fechada. Constantia pensou
que, como nas portas de sonhos, aquela ali
não tinha maçaneta. Era o frio que tornava
aquilo tudo horrível. Ou a brancura... Ou
o quê? Tudo estava coberto. As cortinas estavam fechadas, um pano cobria o espelho,
um lençol escondia a cama; uma proteção
de papel branco encobria a lareira. Constantia timidamente colocou para fora a sua
mão. Como se ela esperasse que fosse cair
um floco de neve. Josephine sentiu uma
coceira peculiar no nariz, como se o nariz
estivesse congelando. Então, um coche

titubeou na rua de pedrinhas abaixo e a quietude pareceu ruir em pedacinhos.

— Acho melhor eu abrir uma cortina — disse Josephine corajosamente.

— Sim, boa ideia — sussurrou Constantia.

Elas mal tocaram na cortina e ela se abriu, o cordão subiu e se enrolou nos trilhos, a pequena barra balançou como se tentasse se soltar. Aquilo era demais para Constantia.

— Você não acha... você não acha que deveríamos deixar isso para outro dia? — murmurou.

— Por quê? — perguntou rispidamente Josephine, sentindo-se, como de costume, muito melhor agora que ela sabia que Constantia estava com medo. — Isso precisa ser feito. Mas eu preferiria que você não cochichasse, Con.

— Eu não notei que estava cochichando — cochichou Constantia.

— E por que você fica encarando a cama? — perguntou Josephine, levantando a voz num tom quase provocador. — Não tem nada *em cima* da cama.

— Ah, Jug, não fale assim! — pediu a pobre Connie. — Muito menos com a voz tão alta.

Josephine percebeu que tinha ido longe demais. Ela deu largos passos em direção à cômoda e estendeu a mão, mas retirou-a rapidamente.

— Connie — disse ofegante, virou-se e se encostou na cômoda.

— Ah, Jug, o que foi?

Josephine só conseguia olhar fixamente. Ela sentiu algo extraordinário, como se tivesse escapado de uma coisa terrível. Mas como ela explicaria a Constantia que o pai estava na cômoda? Ele se encontrava na gaveta de cima, com seus lenços e gravatas, ou na gaveta seguinte, com suas camisas e seus pijamas, ou na gaveta de baixo, com seus ternos. Lá estava ele, vigiando, escondido logo atrás do puxador, pronto para saltar.

Ela fez uma careta para Constantia, como fazia em outros tempos quando estava prestes a chorar.

— Não consigo abrir — ela quase gritou.

— Não, Jug, não abra — sussurrou Constantia com sinceridade. — É muito melhor não abrir. Não vamos abrir. E por favor, por um bom tempo.

— Mas… mas isso me parece fraqueza — comentou Josephine, abalada.

— Mas por que não ser fraca ao menos uma vez? — retrucou Constantia, sussurrando, porém em tom firme. — Se isso for fraqueza… — Seu olhar pálido deslizou da escrivaninha trancada (bem trancada) para o enorme guarda-roupas encerado, e sua respiração tornou-se estranha, em espasmos. — Por que não sermos fracas uma vez na vida, Jug? É bastante compreensível. Sejamos fracas... fracas, Jug. É tão mais bonito ser fraca que ser forte.

E, então, ela fez uma daquelas coisas extraordinariamente corajosas que já havia feito, talvez, outras duas vezes na vida. Marchou em direção ao guarda-roupa, girou a chave e retirou-a da fechadura. Retirou-a da fechadura e segurou-a no alto, expondo-a a Josephine, com seu sorriso extraordinário, que sabia o que havia feito; sabia que estava, deliberadamente, arriscando abandonar o pai junto aos casacos.

Se o imenso guarda-roupa se inclinasse e esmagasse Constantia, Josephine não teria se surpreendido. Pelo contrário. Ela teria pensado que era a coisa mais previsível de acontecer. Mas nada aconteceu. Apenas o cômodo pareceu mais calmo que nunca e os grandes flocos de ar gélido caíram sobre os ombros e joelhos de Josephine. Ela começou a tremer.

— Vamos, Jug — disse Constantia, ainda com aquele terrível sorriso forçado, e Josephine foi atrás dela, exatamente como da última vez, quando Constantia empurrou Benny no lago redondo.

VII

Mas a tensão caiu sobre elas quando voltaram à sala de jantar. Sentaram-se, trêmulas, e fitaram uma à outra.

— Não acho que consiga fazer mais nada — disse Josephine — até que eu tome alguma coisa. Acha que podemos pedir a Kate que nos traga duas xícaras de algo quente?

— Não vejo razão para não — respondeu a irmã, com cautela. Ela já parecia normal novamente. — Não vou chamá-la pela sineta. Vou até a porta da cozinha e peço a ela.

— Sim, por favor — disse Josephine, se afundando na poltrona. — Peça

a ela duas xícaras, Con, só isso... numa bandeja.

— Ela não precisa nem se preocupar com o bule, certo? — disse Constantia, sabendo que Kate muito provavelmente reclamaria se o bule estivesse na bandeja.

— Não, não é preciso mesmo! Não há necessidade de bule. Ela pode nos servir diretamente da chaleira — falou Josephine imaginando que aquilo pouparia trabalho.

Seus lábios frios estremeceram ao tocar a borda verde da xícara. Josephine enroscou as mãos pequenas e avermelhadas em volta do recipiente. Constantia se ajeitou na cadeira e soprou um vapor denso, fazendo-o dançar de um lado para o outro.

— Por falar em Benny... — disse Josephine.

E ainda que o nome de Benny nem tivesse sido mencionado anteriormente,

Constantia reagiu na mesma hora como se tivesse sido.

— Ele sem dúvida espera que enviemos a ele algo que pertenceu ao pai. Mas é tão difícil saber o que enviar ao Ceilão.

— Você quer dizer que as coisas não viajam com facilidade — murmurou Constantia.

— Não, elas são extraviadas — disse Josephine, ríspida. Você sabe, não há carteiros; só entregadores.

As duas pausaram ao imaginar um homem preto em calções de linho branco correndo, como um louco, pelo campo, carregando nas mãos um pacote grande embrulhado em papel pardo. O homem preto que Josephine imaginou era minúsculo. Ele percorria o campo como uma formiga reluzente. Já o de Constantia, que era alto, tinha algo de determinado e obstinado, o que o tornava, segundo ela, um homem bastante desagradável... Na varanda, todo vestido de branco e usando um capacete, estava Benny. Sua mão direita se movimentava para cima e para baixo, como fazia a mão do pai quando estava impaciente. E sentada atrás dele, nem um pouco interessada, Hilda, a cunhada. Sentada numa cadeira de balanço de bambu, ela folheava uma edição da revista *Tatler*.

— Acho que o relógio será o presente mais acertado — disse Josephine.

Constantia levantou os olhos. Estava surpresa.

— Ah, você confiaria um relógio de ouro a um entregador nativo?

— Mas claro que o disfarçaria — retrucou Josephine. — Ninguém nem saberia que se trata de um relógio. — Ela gostava da ideia de ter que criar um pacote em formato inusitado, impossível de adivinhar o conteúdo. Ela pensou, por um segundo, até em esconder o relógio em uma caixa estreita feita para *corsets* que ela guardava por um bom tempo, esperando que chegasse um momento em que fosse útil. Era uma caixa sólida tão bonita. Mas não, não seria apropriado para a ocasião. Tinha escrito nela: "Tamanho médio feminino, 28. Barbatanas extra firmes." Seria quase que surpresa demais para Benny abrir o pacote e encontrar, no lugar, o relógio do pai.

— E claro, não é que o relógio vá fazendo sons de tique-taque — disse Constantia, que ainda especulava sobre o interesse do nativo em joias. — Inclusive — acrescentou —, seria até estranho se depois de toda a viagem ele continuasse funcionando.

VIII

Josephine não fez qualquer comentário. Ela saiu pela tangente. De repente, se lembrou de Cyril. Não seria mais adequado que o único neto ficasse com o relógio? O querido Cyril apreciaria tanto; um relógio de ouro valeria tanto a um jovem rapaz. Benny, com toda a certeza, já tinha parado com a mania de relógios de bolso; raramente os homens usavam coletes em países de clima tão quente. Já em Londres, Cyril usava coletes o ano inteiro, do início ao fim. Seria tão bom para ela e para Constantia, quando fossem jantar com ele, saber que o relógio estava lá.

— Já vi que está usando o relógio do seu avô, Cyril — Aquilo teria sido, de certa forma, tão gratificante.

Que menino querido! Mas que decepção seu bilhete tão doce e simpático. Claro que elas entendiam; mas, ainda assim, foi uma pena.

— Teria sido tão bom recebê-lo — disse Josephine.

— E ele teria apreciado tanto — comentou Constantia sem prestar muita atenção ao que dizia.

No entanto, assim que estivesse de volta, Cyril visitaria as tias. Receber ele para um chá era um dos raros prazeres das moças.

— Cyril, não tenha parcimônia com os nossos bolos. Sua tia Con e eu os compramos na Buszard[1] hoje pela manhã.

---

1 W.&G. Buszard foi uma confeitaria fina que ficava na Oxford Street, Londres, números 197 a 199 no início do século 20. [N.T.]

Nós sabemos como é o apetite de um homem. Portanto, não faça cerimônia e sirva-se bem.

Josephine cortou sem muito cuidado um bolo escuro, intenso, de um tom parecido com suas luvas de inverno ou com a sola do salto do único sapato decente de Constantia. Mas o apetite de Cyril não era o que elas esperavam de um homem.

— Tia Josephine, simplesmente não consigo. Sabe, eu acabei de almoçar.

— Ah, Cyril, não é possível! Já passam das quatro — reclamou Josephine.

Constantia ficou parada, segurando a faca imóvel em cima do rocambole de chocolate.

— Pois é, de fato — explicou Cyril. — Eu tive uma reunião com um sujeito em Victoria e ele me deixou esperando até… foi o tempo de comer alguma coisa e correr para cá. E além disso — Cyril passou a mão na testa, mostrando-se aliviado —, "ele me deu o bolo".

Era uma pena — especialmente hoje. Mas, ainda assim, não era possível esperar que aquela fosse a intenção dele.

— Mas você come um suspiro, não come, Cyril? — insistiu a tia Josephine. — Compramos estes suspiros especialmente para você. Seu pai os adorava. Tínhamos certeza de que você também gostaria.

— Como, *sim*, tia Josephine — exclamou Cyril veementemente. — Vou provar só a metade por enquanto, se não se importar.

— Claro que não, meu querido. Mas não vamos deixá-lo ir embora só com isso.

— Seu pai ainda aprecia suspiros? — perguntou tia Con, com delicadeza. Seus dedos tremeram levemente enquanto quebrava a casca do doce.

— Sabe que não sei bem, tia Con — respondeu Cyril, distraído.

A essa fala, as duas olharam para ele.

— Não sabe? — retrucou Josephine, quase que rispidamente. — Você não sabe isso sobre o seu pai, Cyril?

— De fato — disse tia Con, a voz em tom suave.

Cyril tentou rir da situação

— Bem, já faz tanto tempo desde que... — hesitou. Ele pausou. O semblante delas era demais para ele.

— Ainda assim — disse Josephine.

Tia Con o encarou. Cyril pousou sua xícara na mesa.

— Espere lá — ele disse. — Espere lá, tia Josephine. Onde é que eu estou com a cabeça? — Ele levantou os olhos. Elas começavam a se animar. Cyril deu um leve tapa no joelho. — Mas é claro! Eram suspiros. Como eu pude me esquecer? Sim, tia Josephine, você está completamente certa. O pai é louco por suspiros.

Elas não só abriram um largo sorriso como tia Josephine ficou corada de tanto contentamento e tia Con suspirou profundamente.

— E agora, Cyril, você precisa vir ver o pai — convidou Josephine. — Ele sabia que você viria hoje.

— Muito bem — disse Cyril com a voz firme e cordial. Ele se levantou da cadeira. De repente, olhou para o relógio. — Pois bem, tia Con, seu relógio não está um pouco atrasado? Eu tenho uma reunião em Paddington logo depois das cinco. Sinto que não possa ficar muito tempo com o avô, infelizmente.

— Ah, ele não espera que você demore *muito* — observou tia Josephine.

Constantia continuava a olhar para o relógio. Ela não conseguia decifrar se estava adiantado ou atrasado. Era uma coisa ou outra, disso tinha certeza. De qualquer forma, o tempo passava.

Cyril ainda esperava.

— Você não vem conosco, tia Con?

— Claro que sim — disse Josephine.

— Vamos todos nós. Venha, Con.

IX

Eles bateram na porta e Cyril acompanhou as tias até o quarto quente e abafado do avô.

— Entrem — disse o avô Pinner. — Não fiquem aí paradas. O que houve? O que vocês andam aprontando?

Ele estava sentado em frente ao fogo crepitante da lareira, segurando sua bengala. Uma manta grossa cobria seus joelhos. No colo, tinha um lenço de seda bonito, de um tom amarelo-claro.

— É o Cyril, pai — anunciou Josephine timidamente. Ela segurou a mão de Cyril e o levou para perto do avô.

— Boa tarde, vovô — disse Cyril, tentando se livrar da mão de tia Josephine. O avô Pinner deu uma encarada em Cyril, como era típico dele. Onde estava a tia Con? Ela estava parada ao lado de tia Josephine; os longos braços caídos na sua frente; as mãos cruzadas. Ela sempre de olho no avô.

— Muito bem — disse o avô Pinner, começando a bater a bengala no chão. — O que você tem para me contar?

O que… o que ele tinha para contar? Cyril forçou um sorriso sentindo-se um verdadeiro imbecil. Além disso, o quarto estava muito abafado.

Mas a tia Josephine veio ao seu socorro. Ela falou alto e toda animada.

— Cyril contou que o pai dele ainda gosta muito de suspiros, querido pai.

— O quê? — perguntou o avô Pinner, curvando a palma da mão como uma casca arroxeada de suspiro sobre uma das orelhas.

— Cyril contou que o pai dele ainda gosta muito de suspiros — repetiu Josephine.

— Não ouço — disse o velho Coronel Pinner. Espantou Josephine com sua bengala e, apontando para Cyril, disse: — Diga-me o que ela está tentando me contar.

Meu Deus!

— Será que devo? — questionou Cyril, corado e encarando a tia Josephine.

— Diga, querido — ela sorriu. — Vai alegrá-lo muito.

— Vamos lá, desembucha — gritou o Coronel Pinner, furioso, começando a dar bengaladas no chão.

Cyril se curvou e gritou:

— O pai gosta muito de suspiros!

Naquele momento, o avô Pinner pulou como se tivesse recebido um tiro.

— Não grite! — vociferou. — Qual é o seu problema, garoto? *Suspiros!* E daí?

— Ah, tia Josephine, será que devemos continuar? — lamentou Cyril em total desespero.

— Está tudo bem, meu querido — incentivou tia Josephine, como se os dois estivessem juntos na sala do dentista. — Daqui a pouco ele vai entender. E sussurrou para Cyril: — Ele está ficando meio surdo, sabe. — Depois, se aproximou do avô Pinner, curvando-se para perto dele: — Cyril queria só contar, pai querido, que o pai dele ainda gosta muito de suspiros.

Dessa vez, o Coronel Pinner entendeu. Não só entendeu como ficou pensando e olhando Cyril de cima a baixo.

— Que coisa *esstraordinária*! — disse o velho avô Pinner. — Que coisa mais *esstraordinária* vir de tão longe para me dizer isso!

Cyril também pensou que fosse.

— Sim, vamos mandar o relógio a Cyril — disse Josephine.

— Acho que seria ótimo — respondeu Constantia. — Eu me recordo que, da última vez que ele nos visitou, tinha alguma coisa de errado com as horas.

X

Elas foram interrompidas por Kate marchando pela porta do seu jeito típico, como se tivesse encontrado uma passagem secreta na parede.

— Frito ou cozido? — perguntou secamente.

Frito ou cozido? Josephine e Constantia pareciam bastante confusas naquele momento. Mal conseguiam compreender.

— Frito ou cozido o quê, Kate? — perguntou Josephine tentando se concentrar.

— Peixe — Kate bufou em alto e bom som.

— Bem, e por que você não disse isso logo? — Josephine retrucou de maneira cordial. — Como você pode esperar que entendamos, Kate? Há muitas coisas importantes no mundo, sabe, que são fritas ou cozidas. — E depois de tal demonstração de audácia, ela perguntou a Constantia com animação: — O que você prefere, Con?

— Eu acho que prefiro frito — respondeu Constantia. — Por outro lado, peixe cozido é uma delícia. Eu acho que prefiro os dois de igual maneira... A não ser que você... Nesse caso...

— Vou fritá-lo — disse Kate enquanto saía, deixando a porta do quarto delas aberta e batendo a porta da cozinha.

Josephine olhou para Constantia; ela arqueou as sobrancelhas claras até quase se confundirem com seus cabelos loiros. Levantou-se. Disse num tom altivo, impositivo:

— Você se importa em vir comigo até a sala de visitas, Constantia? Tenho algo de extrema importância para discutir com você.

Era sempre para a sala de visitas que as duas iam quando precisavam discutir algo sobre Kate.

Josephine fechou a porta com intento.

— Sente-se Constantia — disse, ainda em tom formal. Era como se recebesse a irmã na sala pela primeira vez. Já Constantia olhava em torno vagamente, procurando uma cadeira, sentindo-se de fato uma estranha.

— Agora, a questão é... — continuou Josephine, inclinando-se para a frente — devemos ou não manter a Kate?

— Eis a questão — concordou Constantia.

— Mas, dessa vez — disse Josephine com tom firme —, devemos chegar a uma conclusão definitiva.

Por um momento, Constantia parecia se lembrar das outras vezes, mas se recompôs e respondeu:

— Sim, Jug.

— Sabe o que é, Con — explicou Josephine —, tudo está tão diferente agora. — Constantia levantou rapidamente os olhos. Josephine continuou: — O que eu quero dizer é que não somos tão dependentes da Kate como éramos. — Ela corou de leve. — Não há mais o pai, que precisava de alguém para cozinhar.

— Isso é verdade, de fato — concordou Constantia. — O pai certamente não quer que mais ninguém cozinhe para ele, esteja onde estiver.

Josephine se irritou.

— Você não está dormindo, Con, está?

— Dormindo, Jug? — Constantia arregalou os olhos.

— Então, concentre-se mais — disse Josephine de maneira ríspida, e voltou ao assunto. — Quando chegarmos a esse ponto, se chegarmos — e nesse momento ela praticamente nem respirava, enquanto mantinha um olho na porta —, avisaremos Kate com antecedência. — E voltou a falar alto: — Nós podemos preparar nossa própria comida.

— E por que não? — respondeu Constantia. Ela não conseguia evitar o riso. A ideia era tão excitante. Ela cruzou as mãos. — E vamos viver de quê, Jug?

— Ah, de ovos em suas várias modalidades — respondeu Jug, com ar superior novamente. E além do mais, há todo tipo de comida pronta.

— Mas eu sempre ouvi dizer — continuou Constantia — que essas comidas são consideradas caríssimas.

— Não se consumirmos com moderação — rebateu Josephine. E se retirou daquela emboscada fascinante, arrastando Constantia com ela. — O que precisamos decidir agora, no entanto, é se confiamos mesmo em Kate ou não.

Constantia recostou-se. Não conseguiu evitar um risinho sem graça.

— Não é engraçado, Jug, que justo sobre essa questão específica eu nunca tenha conseguido chegar a uma conclusão?

XI

E ela, de fato, nunca havia consegui-do. A grande dificuldade era obter provas. Como conseguir provar... como alguém consegue provar alguma coisa? Supomos que Kate ficasse parada na sua frente in-tencionalmente com uma expressão desa-gradável. Não poderia ela estar com algum desconforto? Seria possível, de qualquer forma, perguntar a Kate se a cara feia era para ela? Se ela dissesse "não" — natural-mente diria "não" —, e então? Que cons-trangimento! Por outro lado, Constantia suspeitava, com quase certeza, que Kate mexia nas suas gavetas quando ela e Jose-phine estavam fora. Não para roubar nada, mas para xeretar. Quantas vezes ela chegava em casa e encontrava seu crucifixo de ametista nos lugares mais inusitados, como debaixo dos seus lenços de renda ou em cima da sua gola Bertha.[2] Mais de uma vez ela preparou armadilhas para Kate. Ela organizava as coisas numa ordem específica e depois chamava Josephine como testemunha.

— Está vendo, Jug?

— Certamente, Con.

— Agora temos como saber.

Mas, puxa, quando ela ia verificar, estava o mais longe possível de uma prova! Se algo estivesse fora do lugar, poderia ter acontecido quando a gaveta era fechada; bastava um solavanco para que isso acontecesse.

— Vamos lá, Jug, você decide. Eu realmente não consigo. É difícil demais.

---

2 Bertha era uma espécie de gola ou pequeno xale, vestido pelo pescoço, geralmente de renda, usado para cobrir os ombros dos vestidos de verão, especialmente nas décadas de 20 e 30. [N.T.]

Mas depois de uma pausa, os olhos parados, Josephine suspirava:

— Agora você me deixou com dúvida, Con. Já eu mesma não tenho certeza.

— Bem, não podemos adiar isso outra vez — disse Josephine. — Se adiarmos desta vez...

XII

Naquele momento preciso, na rua de baixo, o som de um realejo começou a soar. Josephine e Constantia ficaram de pé num pulo.

— Corra, Con — disse Josephine. — Corra rápido. Tem algum trocado na...

E, então, elas se lembraram que aquilo já não importava. Elas nunca mais teriam que dar dinheiro ao músico para que parasse de tocar. Nunca mais ela e Constantia teriam que mandar que aquele mico fosse tocar em outra freguesia. Nunca mais ouviriam aquele barulho alto, aquele mugido esquisito que soava quando o pai achava que elas não estavam se apressando o suficiente. O tocador de realejo poderia tocar o dia todo sem nenhuma bengalada no chão.

Nunca mais as bengaladas,
Nunca mais as bengaladas,

Tocou o realejo.

O que Constantia estava pensando? Ela tinha um sorriso tão peculiar; parecia diferente. Não era possível que fosse chorar.

— Jug, Jug — disse Constantia suavemente, apertando as mãos. — Você sabe que dia é hoje? É sábado. Já faz uma semana hoje, uma semana inteira.

Uma semana desde a morte do pai,
Uma semana desde a morte do pai,

Cantava o realejo. E Josephine também se esqueceu de ser prática e sensata; ela também sorriu de forma peculiar. No tapete indiano, caiu um pedaço de raio de sol, vermelho-claro; aparecia e sumia e aparecia — e permaneceu e se intensificou até brilhar um tom quase dourado.

— O sol saiu — anunciou Josephine, como se aquilo, de fato, importasse.

Uma cascata perfeita de notas borbulhantes soou do realejo, notas redondas, brilhantes, distraidamente dispersas.

Constantia ergueu as mãos grandes e frias, como se quisesse pegá-las, e, logo em seguida, soltou-as. Ela foi até a lareira, chegou perto do seu Buda favorito e a imagem pétrea e dourada — cujo sorriso sempre dava a ela uma sensação estranha, quase um desconforto, ainda que prazeroso — parecia hoje sorrir mais do que o normal. Como se ele soubesse de algo; como se tivesse um segredo. "Eu sei de uma coisa que você não sabe", disse o Buda. Ah, e o que era, o que poderia ser? Ainda assim, ela sempre sentiu como se tivesse… algo.

O raio de sol invadiu as janelas sem pedir licença, jorrando sua luz contra os móveis e porta-retratos. Josephine observava. Quando iluminou a fotografia da mãe, uma ampliação sobre o piano, a luz pareceu intrigada pelo pouco que restou da mãe ali, a não ser os brincos em formato de pequenas pagodas e o boá de penas pretas. *Por que será que as fotografias dos mortos vão se desbotando assim?*, se perguntou Josephine. Era só uma pessoa morrer e sua fotografia morria também. Mas, claro, essa da mãe era bastante velha. Tinha trinta e cinco anos. Josephine se lembrava de subir numa cadeira e apontar para o boá de penas pretas e dizer para Constantia que uma cobra havia matado a mãe no Ceilão... Será que as coisas teriam sido diferentes se a mãe não tivesse morrido? Ela achava que não. Tia Florence morou com elas até concluírem os estudos, elas se mudaram de casa três

vezes, e tiraram férias anuais... e, claro, trocaram os empregados.

Alguns pardaizinhos, que soavam jovens, piavam no parapeito da janela. *Piu-piuu-piuuu*. Mas Josephine sentiu que não eram pardais. Não no parapeito da janela. Aquele barulho estranho de choro estava dentro dela. Sim, sim, sim. Mas o que era aquele choro tão fraquinho e tristonho?

Se a mãe tivesse vivido mais tempo, será que elas teriam se casado? Não houve ninguém para se casar com elas. Alguns amigos anglo-indianos do pai, antes de ele se desentender com eles. Mas, depois disso, nem ela nem Constantia conheceram um homem sequer que não fosse padre. Como se conhecia homens? E ainda que conhecessem, como elas poderiam se familiarizar com eles o suficiente para não se sentirem meras estranhas?

Ouviam histórias sobre pessoas que tinham aventuras, eram requisitadas, e assim por diante. Mas ninguém nunca tinha ido atrás dela nem de Constantia. Ah sim, teve uma vez, em Eastbourne, um sujeito misterioso na pensão onde estavam colocou um bilhete no jarro de água quente na porta do quarto delas! Quando Connie encontrou o bilhete, o vapor tinha tornado a escrita apagada demais para que conseguisse ler. Elas não conseguiram nem saber para qual das duas era o bilhete. E, no dia seguinte, ele foi embora. E pronto. Todo o resto de tempo foi cuidar do pai e, ao mesmo tempo, ficar fora do caminho dele. Mas e agora? E agora? Um sol furtivo tocou Josephine suavemente. Ela levantou a cabeça. Foi até a janela, atraída por aquela luz delicada...

Constantia ficou diante do Buda até o realejo parar de tocar, refletindo, mas não como sempre fazia, não com aquele ar distraído. Dessa vez, seu semblante era de nostalgia. Lembrou-se das vezes que ela ia ali, ao se levantar da cama, ainda de camisola, quando era lua cheia e ela se deitava no chão, braços abertos como se fossem uma cruz. Qual era razão daquilo? A lua grande e clara a estimulava a fazer tal coisa. As terríveis figuras de dançarinos na lareira a encaravam com olhares libidinosos e ela não se importava. Também se lembrou de todas as vezes que foram para o litoral. Ela escapava sozinha e chegava o mais perto possível do mar e cantarolava uma música qualquer que ela mesma tinha feito enquanto apreciava toda aquela água revolta. Houve essa outra vida de correria, buscando coisas para a casa em sacolas, procurando aprovação, discutindo sobre elas com Jug, levando as coisas de volta para buscar mais coisas atrás de mais aprovação, e preparando as bandejas do pai, e tentando não incomodar o pai. Mas isso pareceu-lhe acontecer dentro de um túnel. Não era real. Só quando ela saía do túnel em direção ao luar, ou à beira-mar,

ou dentro de uma tempestade é que ela se sentia ela mesma. O que significava aquilo? O que era isso que ela desejava o tempo todo? Para onde ia aquilo? Agora? Agora?

Ela saiu de perto do Buda com um gesto vago. Aproximou-se de onde estava Josephine. Ela queria dizer algo à irmã, algo extremamente importante sobre... sobre o futuro e o que...

— Você não acha que, talvez... — ela começou.

Mas Josephine a interrompeu.

— Eu me pergunto se agora... — sussurrou Jug. Pararam. Esperaram uma pela outra.

— Fala, Con — pediu Josephine.

— Não, não, Jug. Fala você primeiro — disse Constantia.

— Não, fale o que você ia dizer. Você começou — insistiu Josephine.

— Eu... Eu prefiro que você fale primeiro — respondeu Constantia.

— Que bobagem, Con.

— Por favor, Jug.

— Connie!

— Ó, *Jug!*

Uma pausa. Então, Constantia disse baixinho:

— Não posso falar o que ia dizer, Jug, porque eu esqueci o que era... Era isso que eu ia dizer.

Josephine ficou em silêncio por um momento. Ela olhou para uma nuvem grande por trás da qual o sol havia se escondido.

E respondeu de supetão:

— Eu também esqueci.

Um violoncelo muito, muito raro

por

Talissa Ancona Lopez

"eu intensifico as famosas pequenas coisas – então tudo passa a
ser verdadeiramente significante"
Katherine Mansfield

Entre Ana Cristina Cesar e Clarice Lispector há pouco em comum – do
ponto de vista da literatura, pelo menos,
lemos textos bem diferentes. As duas,
entretanto, compartilham uma particu-
laridade interessante: leram – e amaram
– uma tal de Katherine Mansfield. Em
momentos diferentes, a prosa e as cartas
de Mansfield chegaram aos olhos dessas
duas escritoras. Clarice confessa, em carta a Lucio Cardoso (1944), que não po-

dia conter a admiração pela pessoa que era Katherine Mansfield. "Não pode haver uma vida maior que a dela e eu não sei o que fazer simplesmente. Que coisa absolutamente extraordinária que ela é. Passei alguns dias aérea"[1].

Ana Cristina Cesar não apenas leu, mas também traduziu e defendeu uma dissertação, na Inglaterra, sobre a tradução que fez de um conto de Mansfield[2]. Depois disso, muito de sua poesia teve uma espécie de eco mansfieldiano, que se reflete em referências ora veladas, ora explícitas. Apesar de ter chamado a atenção dessas duas

---

1 GOTLIB, Nádia Batella. Clarice: uma vida que se conta / Nádia Batella Gotlib. São Paulo: Editora da Universidade de São Paulo, 2013, p. 221.
2 Em sua premiada dissertação de mestrado, Ana Cristina Cesar é quem escolhe, pela primeira vez, a tradução de "bliss" por "êxtase" em vez de "felicidade", instaurando, assim, um novo olhar sobre as questões abordadas no conto e, ainda, uma nova leitura da prosa de Mansfield, que está muito mais próxima de um "êxtase" do que de uma estável "felicidade". A tradução de Ana Cristina Cesar pode ser lida em: CESAR, Ana Cristina. "O conto Bliss anotado". In: Crítica e tradução. São Paulo: Editora Ática, 1999.

figuras bastante importantes da literatura brasileira, Katherine Mansfield ainda não foi muito lida no Brasil. Foi, sim, bastante publicada. Seus textos circulam em língua portuguesa desde a década de 1940, quando foi primeiramente traduzida por Érico Veríssimo. Agora, no centenário de sua morte, lemos uma nova coletânea de seus contos – uma seleção cuidadosa que traz aspectos diferentes de sua literatura – e descobrimos, lentamente, a complexa e intensa prosa de Mansfield.

Concordo com Clarice: Katherine Mansfield teve uma vida extraordinária. Do ponto de vista de sua biografia, me interesso sobretudo pelos capítulos que reverberam em sua escrita, que ressoam na sua literatura. A começar pela língua – um traço marcante na vida de alguém que esteve, o tempo todo, cercada pela palavra, pela escrita e pela publicação. Mansfield nasceu na Nova Zelândia em 1888, depois viveu na Inglaterra, viajou diversas vezes e, por longos períodos para a Alemanha, estudou e tornou-se tradutora de russo – até, finalmente, terminar sua vida na França, tentando tratar uma tuberculose que a levou a uma morte precoce, com apenas 34 anos. O que chamo de "língua", na verdade, é uma experiência entre diversos territórios, culturas, sotaques, contrastes; Mansfield, apesar de ser lida e estudada como uma escritora modernista de língua inglesa, esteve sempre, de alguma maneira, escrevendo a partir de uma escuta estrangeira. Seja como imigrante, como tradutora, como viajante ou como enferma em um país distante, essa convivência que Mansfield teve com tantos lugares e idiomas (incluindo, é claro, o idioma nativo Maori falado na Nova Zelândia), parece ter contribuído para que ela desenvolvesse um ouvido e um gesto de escrita muito particulares, do ponto de vista da linguagem, pois neles ressoa um estranhamento plurilinguístico e inovador, típico da linguagem poética.

Para além dessa questão da língua, gosto de lembrar, quando leio Mansfield, de sua relação com a música. Em suas cartas, lemos sobre um envolvimento intenso com a música, sobre o desejo de tornar-se violoncelista profissional e de ser reconhecida pelo talento com esse instrumento que a jovem Katherine estuda e adora. É um desejo interrompido, censurado pelo seu pai, que corta as asas do sonho de violoncelo e impede que a jovem evolua, como instrumentista, a ponto de viver de música. Segundo Mansfield, a escrita é a opção possível frente a esse impedimento de sua carreira musical. Isso nos dá pistas interessantes para a leitura de seus contos, já que, em sua literatura, a questão da sonoridade está sempre muito marcada. Para Mansfield, a questão da técnica era um ponto central a ser considerado na hora de escrever.

Tenho paixão pela técnica. Tenho paixão por transformar o que estou fazendo em algo completo – se é que me entendem. Acredito que é da técnica que nasce o verdadeiro estilo. Não há atalhos nesse caminho [...] escolhi não apenas o comprimento de cada frase, mas até mesmo o som de cada frase. Escolhi a cadência de cada parágrafo, até conseguir que eles ficassem inteiramente ajustados às frases, criados para elas naquele exato dia e momento. Depois leio o que escrevi em voz alta – inúmeras vezes –, como alguém que estivesse repassando uma peça musical, tentando chegar cada vez mais perto da expressão perfeita, até lograr alcançá-la por completo.[3]

---

3 CESAR, Ana Cristina. "O conto Bliss anotado". In: *Crítica e tradução*. São Paulo: Editora Ática, 1999, p. 283.

Seus contos são escritos com uma dedicação especial – às vezes obsessiva! – pela construção da linguagem, pela escolha vocabular e pelo ritmo. Um exemplo disso pode ser lido em um conto aqui publicado, "A aula de canto", no qual o ritmo da música, que modula a história, dá o tom do fio narrativo, como se a emoção da protagonista, professora de música, acompanhasse a cadência de uma peça musical. Em outros casos, como é muito frequente em sua prosa, a musicalidade aparece a partir do rompimento brusco de algumas frases, da repetição de algumas palavras – da pontuação marcadamente rítmica e de jogos de palavra que ensaiam uma espécie de rima, assonância ou aliteração.

Não à toa, esse tema da composição aparece em muitas de suas cartas. Mansfield chegou mesmo a dizer que desejaria aprender a arte de recitar, de usar a voz, não apenas a escrita – de se apoiar no *tom* como o instrumento principal de sua literatura[4]. Tudo isso, é claro, diz sobre uma certa inclinação à performance, uma espécie de desejo de dar um passo além da literatura; escrever é uma parte, uma pequena parte daquilo que Mansfield considerava *a escrita*.

Escrever, então, é uma tarefa a ser vivida com a intensidade de muitas camadas, com a precisão e o trabalho de uma sinfonia complexa. Katherine sempre esteve decidida a viver uma vida por si mesma e sempre detestou a ideia de estar à mercê do tédio de uma viga conjugal. A escrita, então, é também a maneira a partir da qual decide *viver*. Mas escrever sobre o quê? Em seus contos, Katherine Mansfield explora, a partir dessa linguagem trabalhada e retrabalhada, uma gama de universos. Do ponto de vista social, são muitos os momentos em que ela toca na questão das relações entre

---

4 Ver carta para Garnet Trowell, 2 de novembro de 1908.

as classes, desvelando uma realidade política e social bastante delicada. Em "Festa no jardim", lemos a aflição de uma garota rica que, em meio às delícias da ostentação e da gula de uma festa extravagante, descobre o assassinato de um trabalhador que vive perto de sua casa e, com isso, vive a angústia de saber – *saber* sobre uma realidade tão próxima e tão discrepante da sua, tão atrelada ao seu cotidiano e, ao mesmo tempo, tão infinitamente apartada. Da mesma maneira, em "As filhas do falecido coronel" e "A vida de Ma Parker", a discussão em torno da relação com os empregados parece relembrar, o tempo todo, que a escrita de Mansfield é capaz de se inserir ali em um intervalo, entre duas instâncias. Sua narrativa, apesar de partir muitas vezes do ponto de vista da classe mais rica, desenha um olhar que alcança não apenas as duas extremidades de um conflito social, mas também os contrastes e sutilezas que aparecem quando se observam situações socialmente injustas ou discrepantes. É uma maneira corajosa de trazer a questão social para o centro de uma literatura que circulava basicamente entre as classes favorecidas da Europa.

Nos contos aqui selecionados – e na literatura de Mansfield em geral – as mulheres aparecem de uma maneira diferente, em evidência. Por mais comuns que possam ser, são secretamente complexas e importantes; vivem, questionam-se, sofrem, desejam, pensam. Pensam demais, na verdade. Aqui, todas as protagonistas são mulheres – são parte de uma construção maior, de muitas outras mulheres ou meninas que, na literatura de Mansfield, têm de lidar com questões intensas sobre a vida, o desejo, o corpo. Não seria exagerado dizer que a mulher é um tema para Katherine Mansfield – é a partir de suas protagonistas que Mansfield desdobra as pontas mais sensíveis das reflexões, delícias e aflições que vibram em seus contos.

Assim como Virginia Woolf, Mansfield explora o feminino até o limite extremo do corpo de suas personagens. Aliás, entre essas duas mulheres também há segredos e sentimentos ambíguos. Mansfield e Virginia eram colegas de um mesmo cenário cultural, se gostavam e leram uma à outra. Quando Mansfield morre, Virginia escreve em seu diário que Katherine teria sido a única escritora que ela verdadeiramente invejou e que, depois de sua morte, escrever se tornou uma tarefa vazia, pois não teria mais a leitura de sua rival[5]. Se, em "Mrs. Dalloway", vivemos a elétrica confusão e alegria de uma mulher prestes a preparar uma festa, em "Êxtase", Bertha Young é quem se vê invadida por

---

5 Anne Oliver Bell (ed.), assisted by Andrew McNeillie, *The Diaries of Virginia Woolf*, Vol. II, 1920-1924, Hogarth Press, London, 1978, 16 January 1923.

uma sensação assustadoramente complexa (como a própria palavra *bliss* é complexa!) e dúbia, entre o prazer definitivo e a aflição mais aguda – na noite em que decide preparar um jantar para seu marido e amigos. Nos dois casos, a situação narrativa banal é surpreendida pelo empenho da escrita em desdobrar as obscuridades das personagens e de suas impressões.

Sim, o desejo de uma mulher por outra mulher faz parte desse enredamento profundo explorado por Mansfield em sua vida e em sua obra. Há um grau de complexidade do desejo que talvez apenas essa cena possa ilustrar: a amizade ambígua entre mulheres que se admiram e que tropeçam, frente a frente, na hora de dizer certas palavras. Bertha Young nos diz que está ficando histérica, num dia de êxtase absoluto, e que precisa parar de sorrir – também nos diz que se apaixona por todas as mulheres bonitas que têm algo de *estranho*. Esse estranhamento não tem nome. É esse um dos retratos mais reais e marcantes da feminilidade na prosa de Mansfield. Muitas vezes, ela desenha a imagem de mulheres à beira, no extremo de alguma coisa muito real e sem nome – e faz com que elas possam expressar, ali mesmo naquele limite, o que verdadeiramente compõe o retrato das mulheres de Mansfield: a profundidade que nem sempre é exagerada, muitas vezes é sutil, quase silenciosa.

Do outro lado desse extremo ("estou ficando histérica"), a linguagem dá voltas e voltas contornando a loucura. Não são mulheres loucas, não são heroínas no sentido do ineditismo, da coragem, da diferença. São mulheres normais: Ma Parker, Bertha Young, a professora de piano, a garota da festa do jardim, as filhas do coronel. Ao invés de traçar fortes gestos caricatos, a complexidade de cada uma delas é investigada a partir de detalhes. Katherine Mansfield não introduz a mulher como uma questão, ela faz algo mais sutil... ela mostra, através dessas mulheres, que a *questão* está sempre dita – neste caso, escrita – em gestos cotidianos ou falas inesperadas que revelam um inevitável descompasso entre o desejo intenso e as possibilidades um tanto quanto limitadas de uma mulher no começo do século XX. A carreira, o amor, a família, a arte – tudo isso, quando vivido a partir da perspectiva das mulheres criadas por Mansfield, ganha o véu de uma discussão inesperadamente feminista, pois traça, de maneira suave, a linha desse contrapé entre o desejo e a vida.

Por fim, Katherine Mansfield também nos aproxima da lembrança da morte. Não apenas a morte, mas também o luto e a ausência aparecem em seus contos de maneira marcante, ocupando o espaço daquele silêncio que paira sobre certos temas difíceis.

Ela preenche esse espaço com coragem. Aqui, nesta pequena coletânea, topamos com a morte em três dos cinco contos selecionados. Às vezes ela está lá, no passado, e Katherine não foge desse encontro com as perturbações do luto. Outras vezes ela aparece como a resposta para um desfecho possível, o único possível.

Termino este posfácio com esta lembrança: Mansfield soube muito cedo que viveria muito pouco. Em suas cartas e diários ela disse, mais de uma vez, que desejaria escrever como um demônio, sem desperdiçar nem um segundo daquilo que ali ainda tinha para viver[6]. De fato, é um encontro fatal: a escrita e o tempo. Como escrever, sabendo que há pouco tempo? Como *não* escrever? Nas mãos de uma escritora como Katherine, que viveu e sen-

---

6 JONES, Kathleen. *Katherine Mansfield: the story teller.* Edinburgh: Edinburgh University Press, 2011. Ebook, posição 309.

tiu as palavras com a delicadeza e intensidade de uma paixão para a vida inteira, o pouco tempo foi suficiente – Katherine não nos trouxe apenas contos, trouxe algo maior: o amor à escrita, o pavor de não poder escrever e a coragem para escrever ainda assim. A sensação, enfim, de estarmos diante de um clássico. Afinal, não é isso um clássico? Um texto que disputa e, de alguma maneira inexplicável, vence uma espécie de corrida contra a morte?

Talissa Ancona Lopez é escritora e tradutora. Em seu mestrado, pesquisa e traduz cartas de Katherine Mansfield. Publicou, em 2021, *Ficamos eu* (poesia), pela Editora Urutau.

Do absurdo que leva ao amor: a escrita afetiva de Katherine Mansfield

por

Clarice Pimentel Paulon

"Você está sendo ridícula"
Katherine Mansfield, em "Festa no jardim"

A realidade. De que ela é feita? Ela é uma névoa extasiada, imperceptível a olhos nus, que apresenta nacos de verdade? É farinha nos pulmões? É enlutar-se até os lençóis? É um ar fúnebre que se modaliza, tal como a música, pela confusão? É um palco no jardim ou uma viela na vizinhança?

Em seus contos, Katherine Mansfield, sensível escritora neozelandesa, nos convida com doçura a hesitar na imediatez dos fatos que se impõem. Em um instante de olhar (Lacan, 1945) um pouco mais delongado, aprofundamo-nos naquilo que não é visível, mas que nos move em direção ao desejo, nos faz andar em espirais e produz identificações. O essencial *seria* invisível aos olhos, tal como afirma Saint-Exupéry, ou nossos olhos estariam constituídos por esse invisível, que nos atravessa e, no campo das relações, constrói o nosso mundo?

É essa ponte entre o visível (percebido) e o invisível (sentido) que se torna matéria em Mansfield, apresentando realidades desconcertantemente cruas e cotidianas, levadas, entretanto, com uma beleza que não as constitui de imediato e são moldadas a partir de seus pequenos detalhes. Há, nos contos de Mansfield, uma relação muito próxima à noção de fantasia e à temporalidade de uma análise. Para Freud (1924), a fantasia é uma forma de dar conta de fatos e situações que se apresentam a nós, criando elos entre o que se sente e aquilo que se mostra , mantendo assim um investimento pulsional, uma forma de continuarmos ligados ao mundo externo. Como afirma Freud (1924):

> Mas enquanto o fantástico novo mundo externo da psicose quer se alojar no lugar da realidade exterior, o da neurose, por sua vez, gosta de se apoiar, como a brincadeira da criança, em uma parte da realidade – diferente daquela contra a qual foi preciso se defender – e lhe emprestar um significado especial e um sentido secreto que chamamos, nem sempre de maneira adequada, de *simbólico*. É assim que, para ambas, neurose e psicose, não apenas conta a questão da *perda de realidade*, mas também a de uma *substituição da realidade*. (p. 284) (itálicos do autor)

Uma das formas de substituição, tal como aponta o psicanalista, é a fantasia: possibilidade de recuo e, ao mesmo tempo, construção de processos de elaboração em relação ao contingente ou ao que nomeamos acaso. Assim, no belo e mórbido conto "A vida de Ma Parker", uma senhora se vê diante da construção de um difícil luto: seu único neto morre com chiado nos pulmões. Não sabemos qual a causa do chiado e que relação direta ele teria com o adoecimento da criança. Porém, escutamos, a olhos vistos, Ma Parker se lembrando da morte de seu marido, padeiro, cheio de farinha nos pulmões:

> Sim, sete já tinham ido embora, e enquanto seis ainda eram pequenos, o marido foi internado com intoxicação. "Farinha nos pulmões", dissera o médico na época... O marido dela sentado na cama, a camisa levantada

até a cabeça e o dedo do médico desenhando um círculo nas costas dele.

– Agora, se nós o abríssemos *aqui*, senhora Parker – dissera o médico – acharíamos os pulmões dele completamente entupidos de pó branco. Respire, meu amigo!

E a senhora Parker nunca soube ao certo se viu ou se imaginou ver uma grande nuvem de poeira saindo dos lábios do pobre marido... (p. 181)

A nuvem vista/imaginada que aparece como lembrança viva aos olhos de Ma Parker vem dos chiados do neto, de sua impossibilidade de agir, da constatação de uma existência precária, da qual ela não consegue fugir ou pela qual não pode sequer chorar. Ela pode apenas lembrar para, então, tentar se amparar na identificação construída ao longo de sua vida: a da mulher que desde cedo teve de aprender a não se distrair nem lembrar de outras coisas que não seu próprio trabalho. Sem lugar, Ma Parker tem lembranças que a percorrem e constituem seu luto, fazendo-a recordar-se da sua precariedade e levando-a a querer chorar a plenos pulmões, algo que no entanto ela não consegue. A farinha nos pulmões, o chiado e seu choro preso quebram a identidade que sempre a levou em frente: o forte e o inquebrável aqui já não têm mais lugar.

Assim, também em "Aula de canto", vemos uma professora que, em um desespero gelado, modaliza sua aula à angústia de seu coração "frio e cortante" após receber uma carta de rompimento de seu pretendente. As alunas cantam sua lamúria, desesperando-se por ela, como que espelhando seus afetos. Após uma interrupção da aula e uma surpresa, porém, a realidade interna (seu coração) e a realidade externa (o frio) separam-se novamente e ela pode então modalizar o canto ao seu tom, que volta a ser quente e cálido. Restam as alunas, ondulantes ao desejo da batuta da professora, enquanto esta fica à deriva, como um barco a navegar em pensamentos e emoções. Poucas cenas são mais concretas e nos dão mais fundamento para observar que, nos contos de Mansfield, não se trata de descrição da realidade, mas de narrativa. Há uma pura e verdadeira vinculação entre o que se sente o que se produz, materialmente, no mundo externo. É a fantasia nos conduzindo em nossa relação com a realidade.

Na escrita de Mansfield, fantasia e realidade se apresentam como uma coisa só, constituinte de nossa existência, a evidenciar que os mundos externo e interno formam-se em ato por margens que não são fixas e nem sequer contínuas. São porosas e nos respiram, tal como respiramos oxigênio imiscuído a tantos outros elementos. Leveza e complexidade evidenciam que o que se vê contorna e é contornado pelo que se sente, nos fazendo lembrar de uma das grandes sacadas de Freud: "[...] a palavra é, afinal, o resíduo mnemônico de uma palavra que foi ouvida". (1923, p. 18). O que isso quer dizer? Que, antes de tudo, aquilo que é dito já foi escutado em um outro momento e outro lugar, e, ao nos apropriarmos da linguagem e sermos apropriados por ela, algo aí se constitui: memória e experiência deixam claro que o que se vê é, antes e também, um amontoado de sons, histórias e sentires que nos carregam até o olhar.

Assim, olhar não é só ver. É apreciar, presenciar, observar, afetar(-se). O olhar está banhado em linguagem, e a partir dela podemos entrar no mundo dos afetos e do inconsciente e acurar nossa percepção. Lacan (1945), ao dividir a temporalidade de uma retificação subjetiva, uma mudança de posição, propõe três tempos (o instante do olhar, o tempo de compreender e o momento para concluir). Esse movimento apresenta que nossa construção, o sentido para onde caminhamos, se dá em tempos de possibilidade e escansões sucessivas nas quais a relação com o outro e a dialética do reconhecimento são fundamentais para a o reconhecimento sobre si (e seu desejo). Concluir sobre si é instalar-se na relação com o outro observando seu próprio desejo, que só pode ser construído de fora para dentro. Esse movimento, que é o próprio movimento de uma análise, se lê de forma magistral em "Êxtase".

Uma grande e frondosa pereira lá fora. Aqui dentro, êxtase. Um êxtase vivido nessas palavras: "por que ter um corpo se é preciso trancá-lo numa caixa como um violino muito, muito raro?" (p. 23). E, assim, a personagem transborda, extasiada a cada ato, a cada percepção que a faz sentir inteira, completa, saciada de desejo. Um belo jantar entre amigos adornado por frutas que combinam com o tapete da sala, uma lareira aconchegante e uma bela descoberta, Pearl – pérola, estranhamente construída em uma concha, quando Bertha, a personagem principal, extasiada, se expande.

Toda a perfeição e união entre aquilo que se vê e aquilo que se sente são rompidas por uma nesga, um pequeno momento indiscreto observado sob "a sopa de tomate". O que acontece com a completude quando uma verdade é apresentada, produzindo, então, uma divisão? Tal verdade faz retroagir o sentido, nos levando a questionar toda a obviedade anterior. A pereira, porém, linda e frondosa, continua intacta lá fora, todas as flores abertas, e tudo mudou. A conclusão do conto faz com que ressignifiquemos toda a história anterior, tal como em uma sessão de análise, quando, em sucessivas escansões, paramos para olhar, compreender, e, então, concluir algo novo, surpreendente, que já era perceptível, porém não visualizado. "Sopa de tomate é algo tão *terrivelmente* eterno" (p. 75), conclui seu amigo. Quanto ao que Bertha fará após esse momento de parada, Mansfield deixa para nós, ávidos leitores, elaborarmos. Talvez tiremos diferentes possibilidades deste encerramento, a depender do momento histórico e de vida em que estivermos.

Mansfield vai assim nos conduzido por um desfiladeiro de afetos que nos faz questionar: como estar na presença do outro sendo nós mesmos? Ou ainda, como estar com o outro, sendo ele tão próximo e tão diferente de mim? Tudo se balança nesse jogo de reconhecimentos, identificações e indeterminação. Laura, a doce presença de "Festa no jardim", paralisa frente à morte de um vizinho, tão distante porém tão próximo a sua porta. Se identifica com a inesperada atitude de um trabalhador, que funga um ramo de alfazema, o que a faz deleitar-se com a sensibilidade, encontrada em um lugar inesperado. Como é trágica a vida, afinal, nunca estamos todos no mesmo momento: há funerais e há festas no jardim. O que se pode fazer diante do inesperado?

A saída da psicanálise é a elaboração. Porém, não a elaboração apressada, aquela que quer rapidamente fechar o sentido naquilo que já se conhece, produzindo repetições e estagnação. A elaboração requer tempo para que a diferença possa emergir e para que possamos, então, ser outros a partir das nossas próprias experiências. A eternidade, afinal, só é alcançada pelo que não é transitório, e isso, a transitoriedade, é o que nos faz humanos. Por isso "As filhas do falecido coronel" se veem com uma série de decisões a serem tomadas para que possam seguir em frente e enterrar o falecido pai. Tenha ele autorizado ou não, elas continuam vivas.

Dos atos de amor ao inesperado da vida, façamos como Laura e sejamos ridículos. É assim que nos colocamos no mundo e é isso que o faz girar.

Clarice Pimentel Paulon é psicóloga, psicanalista, mestre em psicologia pela FFCLRP-USP, doutora em psicologia clínica pelo IP-USP. É especialista em gestão em saúde pública pela Unicamp e tem pós-doutorado pelo IP-USP. Atua como professora e supervisora da residência em rede da prefeitura de São Paulo.

Referências Bibliográficas:

Freud, Sigmund. (1924) A perda de realidade na neurose e na psicose. In. Freud, S. *Obras Incompletas d Sigmund Freud: Neurose, Psicose, Perversão*. Belo Horizonte: Autêntica Editora, 2016. Trad. Maria Rita Salzano Moraes.

Freud, Sigmund. (1923) O eu e o id. In. Freud, S. *Obras Completas vol. 16: O eu e o id, Autobiografia e outros textos. (1923-1925)*. São Paulo: Companhia das Letras, 2011. Trad. Paulo César de Souza.

Lacan, Jacques. (1945) O tempo lógico e a asserção da certeza antecipada: um novo sofisma. In. Lacan, J. *Escritos*. Rio de Janeiro: Jorge Zahar Editores, 1998. Trad. Vera Ribeiro

Quem tem inveja de Katherine Mansfield?

por

Nara Vidal

Por um desses acasos da vida, dois trabalhos consecutivos que realizei nos últimos meses foram sobre D.H. Lawrence e Katherine Mansfield. Se a coincidência não estiver clara para o leitor – assim como não estava para mim – devo uma explicação. Mas, já adianto: há uma ligação estreita entre os dois escritores do Modernismo inglês.

Uma forma interessante de propor uma aproximação entre os dois – aproximação esta que os destaca dos demais escritores e intelectuais do mesmo período –, talvez seja observar tanto Mansfield quanto Lawrence como escritores à margem. No caso de D.H. Lawrence, por ter sido perseguido, supostamente por ter uma obra considerada obscena, mas que percebo muito mais como uma questão de classe. O artista vinha de uma família humilde de mineiros e quebrou a tradição da classe trabalhadora ao se envolver com literatura, artes, estética – funções que não são exatamente relacionadas à urgência da sobrevivência. Katherine, por sua vez, era estrangeira. Vinda da colônia, da Nova Zelândia, carregava na nacionalidade e na identidade as características de quem é influenciado e subestimado pelo colonizador. Quando Mansfield e Lawrence entram para os círculos de literatos e artistas ingleses, eles causam relativo estranhamento aos intelectuais privilegiados, a maioria com passagem por Oxbridge[1]. Esse estranhamento chegou a nós por

---

1 Oxbridge: termo cunhado por Virginia Woolf em *Um teto todo seu* para se referir à classe intelectual e privilegiada que frequenta as universidades de Oxford e Cambridge.

meio das muitas cartas e diários escritos, mantidos e publicados pela intelectualidade da época.

Dora Carrington, pintora e amiga do grupo de Bloomsbury, registrou suas impressões sobre Mansfield: "Ela aparenta muito ser uma mulher do submundo, com o vocabulário de uma vendedora de peixe de Wapping"[2]. Wapping, ponto do extremo leste de Londres, era considerado naquele tempo como um antro de vulgaridade, povoado por uma classe trabalhadora vista como deselegante. Lytton Strachy, membro do mesmo grupo, descreveu Mansfield como uma: "criatura da boca suja, virulenta, uma vassoura da cara queimada". É a partir desses registros que compreendemos as dificuldades de integração, interação e aceitação nos círculos influentes e afluentes das artes.

---

2 Todos os trechos extraídos de correspondências e diários foram traduzidos pela autora do posfácio.

Ainda que tenham sido muito próximos, amigos íntimos, e que tenham compartilhado a rejeição classista e colonial da época, Mansfield e Lawrence romperam a amizade quando o quadro de tuberculose da escritora mostrava sinais de piora. Entre ofensas e acusações, pessoais e literárias, Lawrence escreveu a Katherine: "Eu te odeio. Seu corpo se apodrece com seu próprio consumo. Você é um réptil repugnante. Espero que morra".

Ainda que esta seja uma declaração pesada e que carrega profundo desagrado e mal-estar, Lawrence e Mansfield nutriram, por anos, grande admiração mútua. Viajaram juntos, cada qual com seu par – Katherine com o escritor e editor John Middleton Murray, e Lawrence com Frieda von Richthofen – e tiveram uma convivência que se caracterizava por frequentes visitas e troca de correspondências. Os desentendimentos e o rompimento da amizade talvez não tenham tanta relevância frente àquilo que os destacava dos membros da cena literária londrina: sua classe, origem e questões identitárias e sociais.

Sabe-se que Katherine se envolveu ativamente no círculo artístico e literário do período em que viveu. Sua relação com Middleton Murray lhe rendeu participações curatoriais na importante publicação *Rhythm*. Katherine foi, sem dúvida, figura assídua e importante nos grupos literários da época. Foi esnobada pelo clube de Bloomsbury, do qual fazia parte Virginia Woolf, que, mais tarde, publicou a colega pela *Hogarth Press*, editora que mantinha com seu marido, Leonard Woolf.

Virginia, em uma de suas cartas, comprova a atenção dada à escritora neozelandesa, ainda que o veneno das rejeições classistas e coloniais sejam sentidos em igual medida em sua arrogância e esnobismo arbitrários. Escreveu Woolf que Katherine tinha o odor de um gato selvagem e de uma pessoa que perambula nas ruas. Esse veneno, soube-se depois, tem um contexto interessante e mais intrigante do que aparenta. O perfume usado por Katherine era o *Jicky*, da casa francesa Guerlain, lançado em 1889. As notas, quando misturadas ao suor do corpo, deixavam um rastro forte, associado à luxúria, ou seja, um cheiro identificável com o cheiro de sexo. Virginia se incomodava com o aroma. Mansfield teve muitos amantes, homens e mulheres. Foi uma mulher livre no seu desejo, arrecadando preconceitos e julgamentos, inclusive aqueles feitos por Virginia Woolf. Esta, por sua vez, levou uma vida notadamente reprimida no âmbito sexual, algo que, tristemente, pode ser associado aos abusos dos quais foi vítima, da parte dos meios-irmãos, documentados em diários. Mas a qualidade literária de Mansfield era inegável, mesmo com tanto empenho em marginalizá-la. Em uma entrada do seu diário, Woolf confessou que sentia ciúmes da escrita de apenas uma pessoa: Katherine Mansfield. Mas a declaração só foi feita depois que esta já havia morrido.

Ao selecionar os contos que estão aqui publicados, não há qualquer sombra de dúvida de que Virginia tinha razão – a escrita de Mansfield é uma das mais refinadas que se pode ler. A maestria na arte da narrativa curta é soberana. Há pouquíssimos escritores e escritoras que sabem narrar um conto de forma tão sublime como fez Katherine Mansfield.

Além disso, não me parece inteligente persistir na comparação entre Mansfield e Woolf – já tão explorada e, na minha opinião, esgotada pelo valor sublime de cada uma, como únicas que são. É pertinente ressaltar que Katherine Mansfield foi e continua sendo uma escritora inteira, das mais importantes, das mais sagazes e que merece, sim, toda a celebração e destaque possíveis. Mas merece por si só, sem estar associada a qualquer outro escritor do seu talentoso círculo modernista.

Mais do que comparar a qualidade da sua produção com a de seus colegas autores, o interessante seria considerar os elementos que caracterizavam Mansfield como alguém à margem dessa classe – na qual de algum modo se inseria, mas não sem obstáculos.

Curiosamente, o aspecto que causou sua rejeição parece ter sido o mesmo que lhe permitiu compor narrativas com riqueza, elegância e sutileza de olhar. Enquanto estrangeira, Katherine não se encaixava naturalmente, mas via o que os locais não viam. Suas críticas à sociedade inglesa são ferinas, sem jamais serem óbvias. Seu jogo narrativo explora alguns dos principais elementos que fazem do conto uma obra de arte: o não dito, a sugestão, a insinuação, o humor que esconde o drama e a tragédia psicológica das personagens.

Um conto de Katherine Mansfield começa com a simplicidade absoluta. Prossegue com uma situação comezinha, que enaltece a trivialidade até parecer que sairemos da leitura ilesos. Porém, é precisamente com a sofisticação que só os que escrevem de forma simples têm que ela nos conduz a uma espécie de passeio no parque onde, em dado momento, uma abelha irá ferroar nosso pescoço e sairemos dali mais doídos, mais melancólicos, mais comovidos, modificados, enfim. Como se as lentes cor-de-rosa dos nossos óculos fossem, repentinamente, quebradas por um soco.

É sublime a experiência de ler "A festa no jardim". A elegante descrição de uma reunião ao ar livre com o clima perfeito e, por isso, raro para os ingleses, os doces, os empregados, as conversas longas e sérias que podem ser mantidas em torno, por exemplo, do modelo de um chapéu. Todos esses elementos trazem suavidade e amabilidade ao que é extremamente superficial, típico de tais ocasiões. A narrativa observadora delineia as minúcias de uma festa numa tarde de sol temperado, os problemas de ordem supérflua e a descrição tão detalhada e atenta daquilo que forma essa classe burguesa da Inglaterra. A protagonista, Laura, que ensaia se atentar para questões políticas e de classe, e que passa por um arco tão profundo, consegue flutuar pela narrativa ao mesmo tempo que pesa nos nossos ombros. Acompanhamos sua ingenuidade transformada em inquietude, depois questionamento, curiosidade, culpa e, enfim, aceitação. Para o leitor, contrastam com o cenário perfeito o ar carregado da festa, a moça que tenta, à sua maneira, entender o empacado sistema de mobilidade social no país, mas que sabe de sua impotência diante dessa mesma estrutura, porque todos têm consciência do lugar que devem ocupar. A frase "desculpe o meu chapéu", dita por Laura ao morto, é de um impacto raro, como se o conto inteiro se resumisse àquele momento, mas, como um corpo, é preciso percorrê-lo para culminar.

A espera, a antecipação, a excitação do porvir do verão, ainda hoje, como costume inglês, culminam com as várias festas nos jardins, particular, mas não exclusivamente, nas casas das classes mais ricas. É um hábito não só cultural, mas com nuances sociais muito específicas. As frutas, a música, os doces, os sanduíches, o *spread* na mesa com frios e *antipasti* são elementos de festas no jardim em dias de verão. Eventos ao ar livre acontecem no ano todo. No outono e no inverno há os fogos de artifício, por exemplo, mas geralmente não nos jardins das casas e não com todo o cuidado do planejamento que os eventos de veraneio requerem.

Ainda sobre a crítica social sagaz que, em maior ou menor grau, alimenta cada conto, o doído "A vida de Ma Parker" se destaca pela convivência tão íntima e, ao mesmo tempo, de abismal distância entre um literato e sua diarista. Escolhi não traduzir "Ma" por "mãe" pelas possibilidades de significado da palavra na Inglaterra: "Ma" pode tanto ser "mãe" tanto quanto pode ser "avó". Ainda que seja a história de uma mãe de muitos filhos e muitas perdas, é o luto do neto que faz borbulhar sua comoção. E estas não podem, porque não devem, ser liberadas, e sim controladas e reconduzidas para dentro por meio da repressão, da manutenção implacável das aparências e da falta de direito à emoção; do luto apressado por conta da velocidade, dinamismo e urgência da vida trabalhadora. O *stiff upper lip*, ou seja, a habilidade identificada no inglês e, até certo ponto estereotipada, de manter uma atitude determinada e resoluta e não ceder às comoções ou dramas é um aspecto que extrapola as fronteiras de classe. É característica comum, considerada como resiliência.

"*Bliss*", que escolhi traduzir por "Êxtase", depois de muita reflexão, está diretamente associado à frase "*ignorance is bliss*", ditado inglês que pode ter sua equivalência em "a ignorância é uma benção". Ainda assim, reconheço que a tradução do título é tarefa complexa e, por vezes, frustrante. Talvez, em língua portuguesa não haja uma palavra equivalente que preencha de maneira precisa o que "Bliss" significa em inglês. Perde-se sempre algum sentido devido à impossibilidade de encaixar, em uma única palavra do português, as duas sensações experimentadas por Bertha Young no decorrer do texto, sensações tanto de felicidade quando de arrebatamento. Uma alternativa poderia ter sido "Alegria". Porém, "alegria" também não chega a preencher bem o exercício de equivalência da tradução. Por ter uma conotação menos profunda, talvez, não corresponderia ao sentido de felicidade e arrebatamento concomitantes. Feita essa ponderação, "Êxtase", título escolhido por Ana Cristina Cesar, em sua tradução de 1979, talvez seja o mais próximo e acertado possível para tradução dos sentimentos de Bertha Young.

Notadamente, o desconhecimento de Bertha Young em relação ao *affair* do marido faz dela uma mulher mais que satisfeita; uma mulher feliz, insuportável e impossivelmente feliz. Porém, há uma possibilidade interpretativa do conto que se associa ao livro de Gênesis, e que é bastante instigante. Mansfield passou algum tempo lendo livros da Bíblia, fato descrito em algumas de suas cartas. A associação de "Êxtase" com o livro de Gênesis é, inclusive, bastante direta se pensarmos na simbologia de vários elementos do conto como a árvore da fruta, a pereira, Pearl e sua representação desejável, prateada, luminosa, escorregadia, langorosa, de luxúria, tentadora como a serpente que seduz primeiro Eva, que passa então, por influência dessa mesma serpente, a desejar o marido. Ao sucumbir à tentação de desejar Pearl, Bertha se sente atraída por Harry, que, por sua vez, também não resiste aos charmes do terceiro pilar da narrativa, a personagem que é a interseção entre eles. O não-saber de Bertha, a inocência sobre as consequências de se render ao fruto proibido, faz dela uma mulher feliz. O desconhecimento é o êxtase Uma vez consciente, o desejo, que não é só de Bertha, é também do marido, é precisamente o que a expulsa do paraíso – do êxtase –, e a condena não só à repressão do seu desejo, mas à aceitação do desejo do marido. Como no livro do Gênesis, uma vez quebrada a paz do paraíso – do jardim do Éden, como é aquele de Bertha, com sua bela pereira –, a mulher está condenada por Deus. O patriarcado associa-se também à figura de Deus, ou seja, a mulher está fadada a uma punição inquestionável: a ser inferior ao marido, a obedecê-lo e a suportar dores. Em *"Bliss"*, testemunhamos a expulsão do jardim do Éden, o lugar de êxtase, para o silenciamento e castigo. Um castigo pela ousadia que é a expressão do desejo feminino, sobretudo quando tenta se equiparar ao do homem.

Outro conto que também lida de forma elegante com a obediência da mulher – não só ao homem, mas às convenções sociais e suas instituições, como o casamento –, é "A aula de canto". Estruturalmente, o conto é um triunfo. Como uma partitura, a peça musical vai se alterando, alternando tons e vibrações de forma genial. As repetições da música refletem o disco arranhado na cabeça de Miss Meadows, a professora de canto, diante da carta recebida do noivo, em que ele rompe o relacionamento. Mansfield tem o completo domínio da forma, da estrutura, da linguagem, das imagens e da estética que emprega nas suas narrativas. É sempre assombroso testemunhar histórias tão simples crescendo tão delicadamente, nos enroscando em teias profundas, tão elásticas quanto resistentes, que não se soltam, mas nos emaranham por completo.

"As filhas do falecido coronel" é outro exemplo magistral do que pode a construção e o crescendo de um conto perfeito. A sutileza e o refinamento narrativos da história de duas filhas que se veem sem o pai, recentemente falecido, nos coloca como observadores atentos não só da ambivalência do estado psicológico das filhas em relação à morte do pai, mas também da liberdade proporcionada precisamente por essa ausência. A história se desenvolve com elementos clássicos de Mansfield, como, por exemplo, a aparente simplicidade da linguagem e do tema. A construção se dá de forma tão despretensiosa só para, depois, puxar o nosso tapete, dar-nos uma rasteira e nos atravessar o corpo em descrença por termos chegado às profundezas de tamanha complexidade narrativa. Complexidade esta fundamentada num aspecto crucial que caracteriza um excelente conto: o não dito.

Curiosamente, por se tratar de contos repletos de crítica social e que, por isso, deixam explícitos as convenções culturais inglesas daquele período e o peso das diferenças de classes, a genialidade de Mansfield proporciona ainda um elemento raríssimo em narrativas assim: o humor. Não é possível falar de sua obra sem ressaltar o fino humor e as passagens tão sagazes e perspicazes. Há lugar para boas risadas, inclusive. Mas há, mais que isso, a capacidade única da autora em construir o espinhoso usando elementos suaves e delicados. Como se ela costurasse uma ferida com fios de ouro.

Como tradutora deste volume, reconheço meu privilégio. Mergulhar numa obra tão sutil, refinada, tão profunda e complexa, mas acima de tudo tão bem escrita, foi um encontro com o que de melhor pode existir em literatura. Sinto-me fervorosamente capturada por Katherine Mansfield e, pela primeira e única vez, vou me comparar a Virginia Woolf: como ela, eu também tenho inveja de como é capaz de escrever Katherine Mansfield.

Nara Vidal é escritora, tradutora, editora e professora. Mora na Inglaterra.

Dados Internacionais de Catalogação na Publicação (CIP)

M287e
Mansfield, Katherine
Êxtase e outros contos / Katherine Mansfield ;
ilustrações por Giulia Bianchi ; tradução de Nara Vidal. –
Rio de Janeiro : Antofágica, 2023.
336 p. ; 12 x 18cm

Extras por Taize Odelli, Nara Vidal,
Talissa Ancona Lopez, Clarice Paulon
ISBN: 978-65-86490-80-0

1. Literatura neozelandesa. I. Bianchi, Giulia. II.
Vidal, Nara. III. Título.

CDD: 890   CDU: 821.1/.2

André Queiroz – CRB 4/2242

Todos os direitos desta edição reservados à

Antofágica
prefeitura@antofagica.com.br
instagram.com/antofagica
youtube.com/antofagica
Rio de Janeiro — RJ

1ª edição, 2023.

EU QUERO É BOTAR MEU VIOLINO NA RUA.

Os itens da lista de compras de todas as festas no jardim foram impressos pela Ipsis Gráfica, entre um canapé e outro, no papel Pólen Soft 80g, em março de 2023.